本番五秒前

CROSS NOVELS

いおかいつき
NOVEL:Itsuki Ioka

街子マドカ
ILLUST:Madoka Machiko

CROSS NOVELS

CONTENTS

CROSS NOVELS

CONTENTS

本番五秒前

CROSS NOVELS

1

場はかなりの盛り上がりを見せていた。皆、それぞれ楽しそうに酒を楽しんでいて、この様子なら一人や二人、消えたところで気付かれないだろう。

「じゃ、後は頼んだからな」

藤崎征充《ふじさきまさみつ》は隣に座る乃木《のぎ》にだけ、先に抜けることを告げた。

「ホントに帰っちゃうんですか？　藤崎さん、主役みたいなもんなのに」

「なんで裏方の俺が主役なんだよ」

征充は酔いで赤くなった乃木の頰《ほお》を両手で軽くはたく。

六本木《ろっぽんぎ》のレストランを借り切っての今日の打ち上げは、東洋《とうよう》テレビが十月に放送予定のスペシャル番組の収録が、無事に終わったことを出演者、スタッフが共に労《ねぎら》うためのものだった。征充はその番組の担当ディレクターにすぎず、主役呼ばわりされる立場ではない。乃木はアシスタントディレクターの一人だ。他のレギュラー番組でも一緒に仕事をしていて、気心も知れているから、一般的な企業の上司と部下よりは、関係がフランクだ。

「またまた、ご謙遜《けんそん》を」

乃木は冷やかすように、肘《ひじ》で征充の脇《わき》を突く。

「あの辺の女性陣が、藤崎さんに話しかけるチャンスをずっと狙《ねら》ってるじゃないですか」

その言葉が示す場所にチラリと目を遣《や》ると、番組に出演していた売り出し中のグラビアアイドルたちが、確かに征充のほうを見ているのがわかった。

「めんどくせえ」

征充は小声で吐き捨てるように言い、視線に気付かないふりをする。

「さすが。モテる人は言うことが違う」

乃木の褒《ほ》め言葉が空虚に響く。

実際、征充がモテるのは事実だ。両親共に日本人《にほん》だが、ハーフのようだと言われるくらいに目鼻立ちがはっきりしている。若干、茶色がかった大きな瞳に、通った鼻筋と形のいい唇は全てバランスよく配置され、とても裏方の人間だと思えないとも称されていた。おまけに天然の明るい茶髪を首が隠れるほどに伸ばしているのも派手さを際立たせている。

もっとも、派手になるのは容姿をひけらかしたいからではなく、自分に似合ったスタイルを追及した結果だ。かつては控えめにしようとしていた時期もあったのだが、どうにもバランスが悪くて、結局、今のスタイルに落ち着いた。一般企業なら許されない格好も、テレビ局の制作、しかも征充はバラエティ番組専門だから、一度も問題にされたこともなく、上層部から注意を受けたこともない。だが、そのせいでイケメンディレクターだと、番組内でもたびたび出演者に話を振られ、意図せず番組出演させられるのには閉口していた。

「じゃ、俺は抜けるから、後は頼んだぞ」

「了解です」

乃木は強くは引き留めることなく、征充を送り出す。過去に何度も途中退席しているから、いつものことでもあった。大事な挨拶《あいさつ》は、最初のうちに全て済ませていたし、目立ちたがりで仕切り屋のプロデューサーが残っているから、征充がいなくても問題ない。

征充はトイレに立つふりでこっそりとフロアを脱出した。

宴会が始まって一時間半、そこら中で輪ができている。だから、誰にも気付かれずに済んだと思っていたのだが、中にはめざとい人間もいるものだ。

「藤崎さん、帰っちゃうんですか？」

廊下を歩いていた征充の背中を、媚《こび》を含んだ声が呼び止める。何度も聞いたことのある声だから、わかる。さっきまで征充に熱い視線を送っていた、グラビアアイドルの一人、吉岡《よしおか》ユキホのものだ。征充は心の中で舌打ちしてから振り返った。

「そうなんだ。明日までに企画書を上げなきゃいけなくてさ」

面倒でも相手は番組制作には欠かせない、大事なタレントだ。征充は作り笑顔を浮かべて応じる。ユキホ自身がそれほどの人気はなくても、彼女が所属する事務所はグラビアアイドルを多数かかえていて、機嫌を損ねるわけにはいかなかった。

「残念ですぅ。今日はゆっくりとお話ができると思ってたのに……」

上目遣いもこれ見よがしに覗《のぞ》かせている胸の谷間も、征充には何も訴えかけてはこない。女性に興味がないわけではないが、あからさまなアプローチには辟易《へきえき》していた。テレビ局のディレクターという職業柄、言い寄ってくる女性は多く、ユキホも個人としての征充に興味があるかどうかも怪しいものだ。

「また今度ね。ユキホちゃんとはすぐに会えるだろうし」

「ホントですよ。絶対、また呼んでくださいね」

ユキホから次の番組出演を匂《にお》わされ、やはりこの娘も狙いはそこだったかと内心で溜息《ためいき》を吐《つ》く。それでも表情には表さず、じゃあまたと言って、征充はレストランを後にした。

スタッフだけならまだしも、タレントの交じった飲み会は、最近、特に苦手になってきていた。露骨に出演を狙ったすり寄りが鬱陶《うっとう》しいのだ。

東洋テレビ制作部所属のディレクターである征充には、番組出演を目当てに数多くの誘いがかかる。三十歳にしてヒット番組を連発する手腕により、敏腕《びんわん》ディレクターと内外問わず称されているせいだ。視聴率トップを取ったことも一度や二度ではなく、局長賞を受賞したこともある。

おまけに征充の番組作りの拘《こだわ》りは、タレントの知名度や人気だけでキャスティングをするのではなく、全く無名のタレントでも、番組内容に合うと思えば使うことだから、売り込みをかけたい事務所やタレント本人が近づいてくるのだ。

夜を感じさせないほど賑《にぎ》やかな六本木の街を、征充は一人で歩き出す。すれ違う人々はまだこれからどこかに繰り出すような、楽しげな雰囲気を醸《かも》し出していた。征充だけがその流れと逆行するように、疲れた顔を見せて歩いている。

らしくない。征充はそんな自分を笑い飛ばす。プライベートだけでなく、仕事も楽しんでやるのが信条だったのに、ここ最近は忙しさから、つい公私共に義務感ばかりが先に立っていた気がする。

征充は腕時計で時間を確認した。午後十時、確かに皆が次の店へと繰り出すのももっともな、帰るにはまだ早い時間だ。

ユキホには仕事があるから早く帰ると言ったのだが、それは断るための口実にすぎない。むしろ、大きな収録を終えた今は暇だった。予定では一人暮らしの部屋に戻るつもりだったが、しなければならないことがあるわけではなかった。

それならと征充は辺りを見回す。さっきの打ち上げ会場でも、数杯は酒を口にしていたが、酔うというほどではないし、さして楽しい酒でもなかった。どこかで飲み直そうという気になってきたのだが、この辺りはテレビ局に近くて、芸能人やマスコミ関係者も多く、知り合いに出くわす可能性が高い。仕事に関係のない場所で挨拶をするのも厄介だし、後々、嘘《うそ》を吐いて打ち上げを抜け出したことがばれるのも面倒だ。

ふと薄暗い路地が目に入った。あまり目立たない場所にある店なら、そうそう人も来ないだろう。時間は充分にあるのだ。征充は散歩がてらよさげな店を探して歩いてみるかと、その路地に足を踏み入れた。

けれど、さすがは六本木だ。寂《さび》れた脇道だと思ったのに、人通りはなかなか途切れず、征充は路地から路地へと、どんどん知らない場所へと突き進む。そのうち、ようやく望んだように人気《ひとけ》がなくなってきたものの、そうすると今度は看板の上がった店も減ってくる。征充が求めていたのは、穴場の店であって、無人の路地ではない。さっきの道まで戻るしかないと思った矢先、今どき珍しい明かりのついた提灯《ちょうちん》が目に入った。居酒屋らしいというのが遠目でもわかる風情《ふぜい》だ。

明かりに引き寄せられるように近づいていくと、その提灯には居酒屋『花吹雪《はなふぶき》』と記されているだけで、他には目立つ目印となる看板がない。外観の雰囲気は征充の好みだ。自分の外見が派手だから、賑やかな店が好きなように思われがちなのだが、実際は美味《うま》い料理を当てにして、静かに飲むのが好きだった。

この店はいいかもしれないという期待を抱き、征充は店の引き戸に手をかけた。

「いらっしゃい」

征充がまだ店内に姿を見せる前に、大きすぎないがはっきりと耳に届く声で出迎えられた。これで威勢のいい声でもかけられていたら、そのまま引き返していたところだが、ちょうどいい声の大きさだ。それに店内も若者相手のリーズナブルな居酒屋にありがちな、騒々しさはなかった。

外観の間口の狭さから推測していたとおり、店自体はそれほど大きくない。五席しかない小さなカウンターと、四人がけのテーブル席が三つあるだけだ。

「一人だけど、いい？」

征充はカウンターの中にいる男に問いかけた。今のところ、店員はその紺色の半被《はっぴ》を羽織った五十代くらいの男しか見当たらない。

「カウンターへどうぞ」

男は人当たりのよさそうな笑みを浮かべ、手のひらでカウンター席を指し示した。平日のこの時間にしては、店内はほどよく混《こ》み合っていて、カウンターに案内されたのも、一人だからではなく、テーブル席が埋まっていたからだ。

チラリと見ただけだが、それぞれのテーブルには料理が並んでいる。ただ酒を飲むだけでなく、食事も楽しむために、満席に近くなるくらいに客が集まっているのだ。つまり、この店にはそれだけ客を惹《ひ》きつける何かがあるに違いない。征充は席に座ってから、ビールと期待を込めて今日のお勧めと書かれた中から、何品かを注文した。

「はい、ビール、お待たせしました」

すぐに男と同年代くらいの女性が、征充の元に瓶《びん》ビールとグラスを運んでくる。喉《のど》は渇いていなかったのだが、打ち上げではワインばかり飲んでいたから、味を変えたかった。

「ここにこんな店があったなんて、ちっとも知らなかったよ」

よく冷えたビールで喉を潤《うるお》してから、征充はカウンターの中のおそらく大将だろう男に気さくに話しかけた。人見知りなどしたことのない征充は、初めての場所だろうが、誰一人、自分のことを知らないところだろうが、物怖《ものお》じしたり、萎縮《いしゅく》したりすることがない。今もまた、全く躊《ちゅう》躇《ちょ》なく、自然な態度になる。

「ちょっと路地に入りますからねぇ」

大将は気を悪くしたふうもなく、笑顔で答える。この接客態度も押しつけがましくなく、媚《こ》びたふうもなくて、好感が持てた。

「でも、いい店っぽいかな」

「ぽい、ですか？」

大将が征充の言葉尻《じり》を捉《とら》えて問い返してくる。

「ぽいが取れるかどうかは、あのぶりあら煮を食べてからだよ」

征充の視線が奥から女性が運んでくる皿に注がれた。征充がお勧めの中から、最初に注文した品だ。ぶりは征充が一番、好きな魚で、あら煮もこれまでどこの店でもメニューに見かけるたび注文するくらいの好物だった。征充の目の前にその皿が置かれる。

盛りつけ方も色艶《いろつや》も空腹を刺激する。征充はゴクリと生唾《なまつば》を飲み込んで、箸《はし》をつけた。

「……うまい」

一口、口に運んでから、征充は感嘆の声を上げる。くどくなく上品な味付けが好みだというだけでなく、誰に食べさせても文句は出ないと自信を持って断言できる。

「さっきの訂正だ。ぽいはなくて、いい店だった」

「ありがとうございます」

征充の称賛《しょうさん》の言葉を受け、大将が笑顔で小さく頭を下げた。

打ち上げ会場とは違い、ここでは誰も征充のことを知らない。見え透いたお世辞を聞かずに済む酒は、一際美味《おい》しく感じ、また次々に運ばれてきた料理は、どれも最高の味で、征充はここで過ごす時間を十二分に満喫していた。

征充がこれほど知り合いに会いたくないと思うのは、気にしていないつもりを装っていたが、やはり今日の昼間に耳にした噂《うわさ》が影を落としているせいだ。

かつて、征充は無名だったお笑いコンビを番組に起用したことがあった。そのとき意気投合して友人関係を築いたのだが、知らない人間は逆に考えた。征充が親しい芸人をコネで出演させた。

だから、征充に気に入られれば番組に出られる。そんな噂が広まった。

そんな馬鹿らしい噂を信じるのは、部外者だけだと、征充はずっとそう割り切っていたのに、テレビ局の廊下で局員同士が、征充のその噂話をまるで真実であるかのように話しているのを偶然、耳にしてしまった。ヒットを飛ばすとやっかみが多くなるのは承知していても、だからといって、腹を立てずに聞いていられるというものではない。だから、局のスタッフも大勢参加した打ち上げ会場に長居はしたくなかったのだ。噂話をした本人たちがいなくても、やはり、気分のいいものではなかった。

「冷酒、もう一杯」

征充は瓶ビールの後に飲み始めた冷酒をまた追加する。もう四杯目だ。打ち上げ会場では、飲むばかりでほとんど何も食べていなかった。美味い料理に空腹を思い出し、それを摘《つま》みにさらに酒が進む。自分でも気付かぬうちに酒量が過ぎていた。

打ち上げのときからずっと飲みっぱなしだったため、トイレも近くなる。この店に入って一時間、征充は二度目のトイレに立った。そうすると、座っているときには気付かなかったことがわかる。狭い店だからトイレまで数メートルしかないのに、足下がふらつき、なかなか到着できない。どうやら、自分で思っている以上に酔っているようだ。

「大丈夫ですか？」

聞き覚えのない声がかけられたのは、征充がトイレを済ませた後、席へ戻る途中で壁にもたれて休んでいたときだ。

征充がその声に顔を向けると、背後に大将と同じ紺色の半被を着た若い男が、心配そうな顔で征充を見つめていた。この半被を着ているのだから、店員であることは間違いない。

「大丈夫大丈夫。ちょーっと、飲みすぎただけだから」

征充は手で顔を扇《あお》ぎながら、たいしたことはないと笑ってみせる。

「歩けますか？」

「当然」

ただの飲みすぎなのになおも気遣う男に申し訳なくて、征充は壁を伝いながら席へと戻るが、男はまだ心配だとばかりにそばを歩いてついてくる。

「君、今までいた？」

征充は座りやすいようにと椅子《いす》を引いてくれた男に問いかけた。さっきまでは大将と奥さん、それは会話からわかった、と二人しかいなかったはずだ。

「俺はいつもこのくらいからの遅番なんです」

その返事を聞いて腕時計に目を落とすと、午後十一時を過ぎたばかりだった。この店の営業時間が何時までかは知らないが、随分と遅いシフトだ。

「バイト？」

「はい。そうです」

その答えを征充は椅子に腰を下ろしたところで受け取った。ようやく落ち着き、征充は初めて男の顔をまじまじと見つめる。さっきは男が征充に覆い被《かぶ》さるように立っていたため、照明が陰になっていて、顔がよくわからなかったのだ。

「驚いた。いい男じゃないか」

征充は素直に感想を口にした。毎日のようにルックス自慢の芸能人と会っているから、美男美女が珍しいわけではないが、一般人でここまで整った顔を見るのは久しぶりだ。

年の頃は二十代前半、サラリとした黒髪が額《ひたい》を隠し、涼しげな目元が印象的な和風な顔立ちをしている。派手さはないのにどこか目を惹くのは、長身のせいもあるのだろう。百八十センチは楽にありそうで、半被のような体型を隠す服を着ていても、適度に筋肉がついているらしいのは、厚い胸板で見て取れた。

「そうでしょう。うちの看板店員なんですよ」

カウンターの中にいた大将が、得意げな顔で言った。この口ぶりでは、バイトの男をかなり気に入っているようだ。外見だけでなく、押しつけがましくない気遣いの仕方も大将と似ていて、征充もまた僅《わず》かな時間で好感を持った。

「看板店員がいるにしちゃ、女性客がいないけど？」

征充は男ばかりの店内を見回して指摘する。その会話が聞こえていたようで、他の客たちが一斉に笑い出した。

「大将、この店にイケメン店員を置いたって、見てくれる人がいないよ」

常連らしい客の言葉にさらに笑いが広がる。どうやら客筋が男ばかりなのは、今日に限ったことではないようだ。

「でも、うちの看板店員もお客さんには負けますね」

大将はひとしきり笑った後、初めて征充の容姿を褒めた。

「テレビに出ている人みたいですよ。華やかな雰囲気を持ってるっていうんでしょうかね」

大将に悪気はなかったはずだ。純粋に客を褒めただけなのだろうが、不意に出た『テレビ』という、征充にとっては現実味溢《あふ》れる単語が、酔いを僅かばかり醒《さ》ました。

「俺は裏方」

征充はポツリと呟《つぶや》くように小声で答えた。聞こえたのはカウンターの中にいた大将とまだ征充の隣に立っていたバイトの若い男の二人だけだったようで、他の客たちがその単語に食いついてくることはなかった。

「裏方っていうと？」

大将の質問はごく自然な流れだった。

「テレビ局で働いてるんだ」

酔いが征充の口を軽くしていた。征充がテレビ関係者だと知ると、それまでは征充個人を見ていた人間も、急にテレビに出たいだとか、芸能人に会いたいだとか、利益を考えるようになる。それが煩わしくて、もう何年も初対面の人間には職業を隠すようにしていたのだ。

「テレビの……、道理で洒落《しゃれ》た人だと思ったんですよ」

大将はそう言ったきり、あまり興味を持ったふうはない。夕方から深夜まで、テレビの置いていない店で働いていれば、テレビ番組を見る時間もあまりないのだろう。

そんな大将との会話は楽しかった。聞き上手なだけでなく、新しい話題を提供してくれたりもする話し上手でもあった。一人客は征充だけではなかったが、他の客にもまんべんなく退屈しないよう、女将《おかみ》さんと二人して話を振っている。

「あれ、女将さんは？」

さっきまでは相づちを打ってくれていた女将の姿が見えないことに、征充は今になってようやく気付いた。

「先に帰りました。その代わりにアルバイトを入れてるんですよ」

大将の説明に、征充はそういうことかと納得する。そういえば、若い男がやってきてから、女将の姿を見かけなくなっていた気がしてきた。

「家内には家を守ってもらわないといけませんからね」

「ここが自宅じゃないの？」

外から見た限り、この店は二階建ての一戸建てだ。二階部分を店舗として使っているようには見えないから、そこに居住スペースがあるのではという意味を込めて征充は尋ねた。

「ここで家族四人は暮らせませんよ」

隠すことでもないと大将は気軽に答える。夫婦二人ならともかく、四人家族の生活スペースは取れそうにないのは、一階の広さから容易に想像できた。

「大将、子供いるんだ？」

「中学生と小学生の女の子が二人です。女ばかりでうちでは肩身が狭くって……」

「いいじゃない。賑やかそうで」

　他人事だからと征充は笑う。こんな他愛《たわい》もない会話が楽しくて、さらに酒が進む。けれど、楽しい時間はいつまでも続くわけではない。時間が経《た》つにつれ、徐々に客が減っていき、とうとう征充一人になってしまった。

「閉店って何時？」

　自分の限界以上に飲んだ征充は、呂律《ろれつ》の回らなくなった口調で尋ねた。それでも初めての店で迷惑をかけまいと時間を気にする。もしかしたら、征充一人のために閉店時間を延ばしているのかもしれないと思ったのだ。

「だいたい三時ですかね」

　大将の返事に、征充は腕時計で時間を確認する。もうすぐ午前二時になろうとしていた。普通のサラリーマンとは違う勤務形態をしていても、放送日を把握しておかなければならないから、曜日に対する感覚は、人並み以上にあるつもりだ。今日が金曜や土曜ならもっと遅くまで残っている客もいるのだろうが、まだ一週間が始まったばかりの月曜日だ。客の帰りが早いのも当然だ。

「客がいなくても？」

　まさかこの時間から新しい客が来ることはないだろうし、そのために店を開けて待っているとも考えられない。征充の疑問を大将はそのとおりだと認めた。

「いないときは、さすがに閉めますよ」

「じゃ、俺もそろそろ帰ろっかな」

もう酒もチビチビと舌を湿らす程度で、追加の注文はしていない。こんな状態で長居されても、店も迷惑だろう。征充は腰を上げようとしたが、その前にグラスが差し出される。見上げた先にいたのは、アルバイトの男だった。

「少しでも、酔いを醒ましてから帰られたほうがいいですよ」

「ありがとう」

征充はすぐさまそのグラスを持ち上げた。冷たい水が心地よく喉を通っていく。男に心配されるほど酔っていることを、体の熱さに教えられた。

「大将、後は俺がやっときますから」

「そうか。じゃ、そうさせてもらおうかな」

大将は男にそう答えてから、征充に向き直ると、

「お客さん、私は先に帰りますが、こいつを残していきますから、ゆっくり酔いを醒ましていってくださいね」

「優しいなぁ、大将も君も」

アルコールが感情表現を大げさにさせる。征充は男の手を握り、感激を伝えた。

「これから常連になる。絶対にまた来るから」

「ありがとうございます」

大将は征充に深々と頭を下げ、先に帰って行った。残ったのは名前も知らない男と征充の二人だけだ。

「いつも君が後片づけをしてるんだ？」

「片づけなら俺一人でできますから」

至近距離から男の返事が聞こえる。どうして、そんな近い距離にいるのかと、男を見上げていた征充は視線を落として気付いた。

「あっと、ごめん」

きっかけを失ってずっと手を握ったままだったことに、征充はやっと気が付いた。男はさして気にしたふうもなく、自然な様子でカウンターの中に入る。居酒屋でバイトをしているから、酔っぱらいの相手にも慣れているようだ。

カウンターの中では、男が早速、片づけを始めている。けれど、それは征充を追い返すためではなく、まだすることが残っているから、急いで帰らなくてもいいのだと態度で言ってくれているかのように感じられた。

「君さぁ、それだけかっこいいとモテるだろ？」

征充は食器の片づけをしている男に話しかける。酒に酔うと人恋しくなるのか、征充は話し好きになる。一人で静かに飲むのが好きだと言いながらも、酒量が越すと、電話で誰かを呼び出したりすることもあった。

「そんなことないですよ」

苦笑しながら否定する様も、モテない男からすれば嫌みだ。男の征充の目でさえ惹いたのだから、女性は放っておかないだろう。

「スカウトとかされたことない？」

「声をかけられたことはありますけど、それがスカウトかどうか……」

男は謙虚な言い方で、征充の問いを肯定した。ただこの答え方でわかるとおり、スカウトマンの詳しい話を聞くところまではいかなかったようだ。スカウトにも様々あるから、芸能事務所とは限らないが、このスタイルのよさはモデル事務所が食指《しょくし》を動かしそうな気がする。

「芸能界とか、興味ないの？」

「芸能界ですか？」

男は急に何を言い出すのだというふうに、不思議そうな顔で問い返してくる。

「いや、これは予防線。俺がディレクターだとわかると、売り込みをかけてくる奴が多くてさ。君くらいいい男だと、そんなふうに思ってもおかしくないから。ま、言われたところで、俺にはそんな力なんてないんだけどさ」

まくしたてる征充に、男は呆気《あっけ》に取られていたが、それから柔らかい笑みを零《こぼ》した。

「大丈夫です。そんなこと言い出しませんから。テレビに興味はないんです」

男は強がっているふうでもなく、答えにも迷いは感じられなかった。

「うん、それがいいよ」

「いいんですか、テレビ局の人がそんなこと言って」

「芸能人なんてさ、かっこいいのが当たり前だろ？　だから、その中で埋もれるくらいなら、一般人のままで、かっこいいって言われてるほうが、絶対にモテるから」

征充が力説すると、男は堪《こら》えきれないと噴き出した。見惚《みほ》れるほど爽《さわ》やかな笑顔に、正直、惜しい気はする。もし、自分がドラマを担当していたなら、その内容にかかわらずスカウトしていたかもしれない。

けれど、だからといって、誰かに紹介しようとは思わなかった。埋もれさせておくにはもったいないのだが、男のこの先の人生を考えるなら、今のままのほうがきっといいのだろう。興味があるならともかく、その気もないのに、将来が不安定な世界に引き込むことはない。

「なんか、俺、すっごく喋《しゃべ》ってない？　煩《うるさ》い？」

「いえ、楽しいです。いつも一人だから……」

「ならよかった」

男の言葉に気をよくして、征充は他愛もない話を続けた。男は短い相づちを打つだけだったが、そのタイミングは絶妙で、征充の口を滑らかにする。

初対面だというのに、どこか安心感のようなものを男から与えられ、征充の態度も徐々に崩れていく。最初は肘をついて顎《あご》を乗せた状態で話していたのに、やがてカウンターに乗せた腕に顔を埋めてしまう。酔いは征充に睡魔をもたらしていた。

征充が口を閉ざすと、聞こえてくるのは食器を洗う水音だけになり、それが眠りを誘う子守歌になる。征充の瞼《まぶた》は徐々に落ちていき、完全に眠りにつくのにそう時間はかからなかった。

これほど自然で爽快《そうかい》な目覚めは久しぶりだ。征充はぱっちりと目を開け、勢いよく体を起こした。

「で、ここ、どこだ？」

寝起きにもかかわらずクリアな視界は、見知らぬ風景を捉えている。

征充がいるのは殺風景な部屋の中、畳に敷かれた布団の上だ。六畳の和室で二方に襖《ふすま》があり、後は窓と壁だ。おそらく襖の一つは押し入れだろう。こんなに純和風な部屋は、番組のセット以外ではもう何年も見ていない。

カーテンのない窓の外は明るく、もう朝であることを征充に教える。だが、正確な時間まではわからないから、いつもの癖《くせ》で腕時計を見ようとした。

「いつ外したっけ……」

あるはずの場所に見当たらない時計を探して視線を彷徨《さまよ》わせると、枕元《まくらもと》にバッグと共に並べて置かれていた。どうやらここに寝かせてくれた誰かが、外してくれていたらしい。征充の記憶にはないが、あれだけ酔っていたのだ。自分でできたとは思えなかった。

腕時計を手に取り、時刻を確認する。午前九時前だった。今日の予定は午後から打ち合わせだから、時間的には充分に余裕がある。一度、自宅マンションに戻って着替えても間に合うだろう。ここが征充の予想する場所だとしてだ。

眠りに落ちる前の最後の記憶は、アルバイトの若い男との会話だった。気持ちよくてカウンターに突っ伏したのを覚えている。それが確か、午前二時を過ぎた辺りだったはずだ。

男はきっと相当、困ったはずだ。常連ならともかく、初めて店に来た男で、どこの誰かもわからないから、自宅に送り届けることはできないし、身内に引き取りの連絡をすることもできない。それでどこか近い場所に寝かせてくれたのだろうと、征充は考えたのだ。

その考えに対する答えは、階段を上がっているような足音がもたらした。ここが一軒家の、少なくとも二階以上にある部屋だということがわかる。そして、その足音がやんだ後、静かに襖が開いた。

「あ、目が覚めました?」

朝にふさわしい爽やかな笑顔で問いかけてきたのは、やはり征充が酔い潰《つぶ》れた居酒屋でアルバイトをしていた男だった。

「君がいるってことは、ここは……」

「店の二階です」

短い答えに、征充は自分の考えがおおよそ当たっていたことを悟った。

「君が運んでくれたんだ?」

「店には横になれるような場所がありませんから」

「それはすまなかった。重かっただろ?」

征充が詫《わ》びると、男はクスリと笑う。

「熟睡してたからよかったですよ。ここの階段はかなり急なんで、俺は平気でしたけど、きっと背負われているほうは怖かったと思います」

一階の店舗は綺麗《きれい》な内装だったが、それはおそらく改装されているのだろうと、この部屋の造りがそう思わせた。今どきの物件ではこんな内装も間取りもないから、かなりの築年数が経っているに違いない。古い家屋では今では考えられないような、狭くて急な階段があるから、どうやらここもそうなっているようだ。

「それはいいけど、君には申し訳なかったな。俺のせいで君まで店に泊まり込むことになってしまったんだろ？」

「いえ、俺はここを間借りしてるんで、気にしないでください」

「ここに？」

意外な返事に征充は驚きを隠さず問い返した。今、二人がいる部屋には、家具など何もなく、ただ布団が敷いてあるだけなのだ。とても人が暮らしているような印象はなかった。

「バイトを掛け持ちしてたりするんで、この部屋は、ホント、寝るだけなんです」

「だから、テレビもないんだ？」

征充にとってはメシの種であるテレビがないことは、目が覚めて最初に気付いていた。

「そういうことです」

「道理でテレビの仕事に興味がないって言うわけだ」

「昨日のこと、覚えてるんですか？」

今度は男が意外そうに問い返す番だった。ここまで驚かれるということは、昨日の征充が相当、飲んでいた証拠だろう。

「どんだけ酔っても記憶を失《な》くしたことがないってのが、俺の自慢なんだ」

「それはいいですね」

男が口元に浮かべている笑みは、やはり目を奪われる爽やかさがある。この爽やかさは、やはり夜ではなく、朝陽の中のほうがよく映える。

そう思ったとき、ついさっきの男の言葉が蘇《よみがえ》った。男はバイトを掛け持ちしていると言っていたから、それなら、こんなにゆっくりしている余裕はないのではないだろうか。征充がその疑問を口にすると、男は笑顔のまま大丈夫だと答える。

「今日は午後からなんですよ」

「ならよかった。えっと、君……」

名前を呼びかけようとして、征充はまだ男の名前を知らないことに気付いた。ただの客と店員として出会ったから、名乗り合う必要はなかったのだ。

征充は枕元に置かれていたバッグを引き寄せ、中から名刺入れを取り出した。

「名前も知らない男をよく泊めてくれたよな。俺は藤崎征充」

名刺を差し出しながら、征充は簡単に自己紹介した。テレビ局で働いていることは、昨日、既に話しているし、そのとおりのことが名刺にも記されている。

「俺は幸塚《こうづか》遼太郎《りょうたろう》です」

「コウヅカ？」

あまり聞き覚えのない名前に、咄嗟《とっさ》に漢字が当てはまらず、征充は首を傾《かし》げる。名刺があれば同じように差し出してくるところだろうが、バイトの身でそんなものを持っているはずもない。

「ちょっと待ってください」

遼太郎は押し入れを開け、中からメモとボールペンを出し、そこに何かを書き始めた。

「こう書きます」

征充に教えるために、遼太郎は律儀《りちぎ》にも漢字で名前を記し、それを見せてくれた。

「幸塚くんね。ホント、世話になった。ありがとう」

征充は改めて頭を下げた。

「いえ、たいしたことしてませんから」

「けど、君の布団は？　俺が占領してたんじゃないの？」

さっき遼太郎が押し入れを開けたとき、布団が別にもう一組あるようには見えなかった。それなら、遼太郎はどうやって寝ていたのか。

「今なら布団がなくても平気ですよ」

遼太郎はたいしたことはしていないと答えるが、その言葉で布団もなしに直接、畳の上で寝ていたらしいことがわかった。けれど、遼太郎本人は特別なことをしたつもりはないらしく、いたって普通だ。きっと、いつもこんなふうなのだろう。だからこそ、気負いが感じられず、征充も自然と受け入れられた。

常日頃、時間に追われ、視聴率という数字を気にしてばかりいる征充からすれば、遼太郎はかなり新鮮で、非常に好感が持てた。

「藤崎さんはお仕事、大丈夫なんですか？」

今度は遼太郎が尋ねてきた。平日の朝、会社員ならとっくに出勤している頃だから、時間を気にしてくれているのだろう。

「テレビ局って、時間が不規則なんだよ。ロケでもあれば、朝イチってのもあるけど、そうじゃなきゃ、朝はそんなに早くないいんだ」

特に藤崎の担当するバラエティはそうだった。その代わり、終わるのが深夜になることはざらにあった。

「それじゃ、朝ご飯、一緒に食べますか？」

遼太郎が名案を思いついたとばかりに、予想外の誘いを口にした。

「いいのか？」

「昨日の店の残りですけど、それでよければ。今日になるともうお客さんに出せないものがあるんで、それは食べていいって言われてるんです」

「衣食住の二つは賄《まかな》えるわけか。いいバイト先だな」

征充は心底、感嘆して言った。遼太郎も気のいい奴だが、大将もかなり人のいい男のようだ。

遼太郎がどれくらいの時給で働いているのかは知らないが、六本木で部屋を借りるとなると、相当な家賃が必要だから、バイト代くらいでは賄えないはずだ。

「俺もそう思います。大将のおかげですごく助かってるんです」

遼太郎の言葉には、この場にいない大将への感謝の気持ちが溢れている。

「ここにはテーブルもないんで、下でいいですか？」

「ご馳走《ちそう》になる身で、注文なんかつけないよ」

征充が答えると、それならと遼太郎が立ち上がる。

襖の向こうには僅かばかりの廊下と、狭い階段しかなかった。一人が通るのもやっとの幅で、先を下りていく遼太郎の背中を見ながら、よくこんな狭い階段を、征充を担いで上ったものだと怖くなる。確かに、目を覚まさなくて正解だったろう。

「あの部屋は元々、大将たちが住んでたとか？」

一階の店舗へ到着したところで、征充はカウンターの中に入った遼太郎に問いかける。

「いえ、宴会用の座敷だったそうです。宴会をしなくなってから使ってないって言って、俺に貸してくれました」

遼太郎は手慣れた様子で朝食の支度をしながら、征充の質問に答える。本来なら手伝ったほうがいいのかもしれないが、自炊は一切しないから、かえって邪魔になるだろうと見ているだけにしておいた。

「それじゃ、風呂とかないんじゃないの？」

二階は和室が一部屋だけで、トイレすらなかった。一階の厨房《ちゅうぼう》の奥までは見ていないが、とても浴室があるようには思えない。

「ええ。だから、銭湯に通ってます」

「今どき珍しいな。不便だろう？」

「不便でも、風呂付きのところに住めるくらいの稼ぎはないんです」

遼太郎は気恥ずかしそうに苦笑する。

「バイトの掛け持ちでも無理？」

「無理すればなんとかなりますけど、それじゃ、家賃のために働いてることになります」

「なるほどね。もっともだ」

征充は声を上げて笑う。実際、征充が暮らすマンションの家賃は十万円を楽に超えている。ワンルームの小さな部屋ならそこまではしなくても、生活費は家賃だけではないのだ。

「でも、懐かしいな」

征充の声には昔を懐かしむ響きが籠《こ》もる。学生時代の征充は、勉強よりもアルバイト、校舎に足を運ぶよりもバイト先にいる時間のほうが長いくらいだった。

「懐かしいっていうほど、そんな昔じゃないですよね？」

遼太郎が征充の言葉を聞き、不思議そうに問いかけてきた。若く見られることには慣れている。

征充は笑って事実を教えた。

「見た目よりは年取ってるよ。今年で三十だからさ」

「本当ですか？」

遼太郎の驚きぶりは、ここ最近の中では一番だった。

「俺と同じくらいかと思いました」

「いくらなんでもそれは言いすぎだ。君は二十……」

征充は遼太郎を見ながら、その年齢を言い当てようと頭を働かせる。大学生には見えないが、年齢的にはそう離れていないだろう。

「二十四歳です」

答えは先に遼太郎がくれた。征充の推測はおおよそ当たっていた。

「俺より六つも下じゃないか。これからしばらくは、二十四歳に見られたって自慢して回ろう」

「みんな、納得すると思いますよ」

遼太郎との会話は、一晩経ってもやはり楽しかった。客という立場ではなくなったのに、気遣いは変わりなく、もてなそうという気持ちが感じられる。

「簡単なものですけど、できました」

遼太郎がカウンターの中から、征充の前に皿を並べ始める。白飯にみそ汁、それに焼き魚に漬け物まである立派な朝食が出来上がった。

「こんなにいいのか？」

「みそ汁以外は残り物を温めただけですから」

「でも、みそ汁は作ったんだ？」

椀《わん》から立ち上る湯気が、征充の食欲をそそる。夜が遅いことが多く、自然と朝も遅くなり、朝食を取ることは滅多《めった》になかった。それに酒を飲んだ翌朝は、到底、食事をしようという気にはなれなかったのだが、今日は別だった。

隣には遼太郎がいて、誰かと会話を交わしながらの朝食は、征充の箸を進めさせた。出されたものを全て平らげ、結局、征充は遼太郎がバイトに出るという、十時過ぎまで店に居座った。

「オッケー、これで行こう」

征充がゴーサインを出したことで、企画会議は終了した。とはいっても、もう一年も放送が続いているレギュラー番組だから、それほど毎回、頭を悩ませることもない。

部屋の片づけは若いＡＤたちに任せて、征充は真っ先に会議室を後にした。

今日の予定は夕方から、また別の番組の収録が入っていて、それまでは自由に過ごせる。この間に遅めの昼食を取るつもりではいたが、その前に制作部にある自分のデスクへ立ち寄る必要があった。出社してから、まだメールや郵便物のチェックをしていないのだ。

「藤崎さん、また飲みに連れて行ってくださいよ」

知り合いばかりの局内の廊下を歩いていると、方々から声をかけられる。今もまた、こうして近づいてきたのは、かつて同じ番組を作ったことのある若い技術スタッフだった。

「おう、また今度な」

征充は足を止めずに答えたのだが、スタッフはまだ話が終わっていないと隣をついて歩いてくる。

「ホントですよ？」

「わかったわかった」

追いすがるスタッフを征充は適当にあしらいながら、歩く足は止めなかった。急いでいるわけではなかったが、立ち話をするほどのことでもない。

「でも、最近、飲み歩いてないって聞いたんですけど……」

「そんなくだらないことが、噂になってんのか？」

呆《あき》れるあまり、征充はつい足を止めてしまい、すぐに思い直してまた歩き出す。スタッフも同じ動きをして、さっきよりも早足になった征充を追いかけてくる。

「いや、一大事でしょう。藤崎さんが一人でまっすぐ帰ってるなんて」

「俺はどういう男だと思われてんだ」

征充は苦笑したものの、これまでの生活を振り返ると、それも納得するしかない。家に帰ってもどうせ一人だし、不規則な仕事柄、友達と待ち合わせて食事をしようとしても、打ち合わせにしろ収録にしろ、はっきりと何時に終わるとは言いきれないから、約束ができないのだ。だから、つい職場の仲間を誘って食べて帰ることが多くなっていた。そうなると食事だけでは終わらない。週の半分以上は酒を飲む結果となっていた。

だが、あの打ち上げの日以来、それがなくなった。親しい相手となら、時間が合えば飲みには行くが、食事代わりにスタッフを誘って飲みに行くことがなくなったのだ。一人でも充分に楽しめる食事の場所を見つけたからだ。

征充は遼太郎のいる『花吹雪』に、少なくても週に一度は足を運ぶようになっていた。そして、それは誰にも教えない秘密の隠れ家だった。せっかくの居心地のいい場所を、誰かに話すことでなくしたくなくて言えなかった。

「じゃあ、またな」

制作部の部屋が見えたところで、征充はスタッフを置き去りにして、騒々しい室内へと足を踏み入れる。

音声は絞《しぼ》っているものの、自局だけでなく、放送をしている全ての番組を映し出すテレビが並ぶ中、電話で打ち合わせをする大声が響き渡り、その場で部下に指示を出す声まで大きい。

征充はその中を挨拶代わりに手を上げながら、自分の席へと到着した。どれが必要なものなのか、他人が見てはわからないほど山積みになった資料が、隣の席へのバリケードになっている。その斜め後ろでは他番組を担当しているＡＤが、隣の席の椅子まで使って仮眠中だ。征充もＡＤ時代はこうだった。忙しすぎて自宅に帰る時間がなかったり、通勤時間よりも睡眠時間を優先させた結果、局内で倒れるように寝込むのだ。あまり楽しい思い出ではないが、その時代を経て、今の自分がいる。

征充がＡＤからディレクターに昇格したのは、ここ数年では一番早いと言われた、入社五年目の二十七歳のときだ。その後、最初に制作した深夜番組が当たり、ゴールデンタイムと呼ばれる午後八時の時間帯へ移動した。そこでも人気は続き、今でもその番組は続いている。それが敏腕ディレクターと言われるきっかけになった。

現在、征充が担当するのは三つの番組で、どれも視聴率が取れているからこそ、ディレクターの中では若手でも制作部では頼りにされていた。若い感覚が必要だと、先輩ディレクターが意見を求めにくることもしばしばあった。

けれど、九月も終わりに近づき、秋の番組改編期を無事に乗りきったから、今は比較的、落ち着いている。これが改編期のスペシャル番組が続くときには、局内全体が殺伐としていて、スタッフが至るところで屍《しかばね》のようになって仮眠を取る姿が目撃されるようになる。もっともそろそろ年末年始の特番のことを考え始める時期だから、そうそうゆっくりはしていられない。

デスクには征充宛《あて》に届けられた宅配便や郵便が、まとめて載せられていた。それらの送り主の名前を見ただけで、中を確認する気が失《う》せる。大部分が芸能プロダクション名義になっていたからだ。直接、売り込みに訪ねてこられたとき、その場を切り抜ける手段として、資料を送っておいてくれと言ったのは征充なのだから、中身は見なくてもわかる。

それらを処理してから、パソコンを起動させようとして、征充の視線が卓上カレンダーに留まった。今日は木曜日で、定休日が日曜の『花吹雪』はよほどのことがない限り、営業しているはずだ。遼太郎のシフトも営業日と同じだから、今日も午後十時過ぎならいるだろう。一昨日も行ったばかりなのだが、もうあの店の雰囲気が恋しくなっていた。

だが問題は、この後のレギュラー番組の収録だ。形ばかりの台本はあるものの、MC役のお笑いコンビ次第のところが多分にあり、予定どおりに進まないことが多かった。深夜になることも珍しくないが、それではさすがに店には行けない。征充は心の中だけで、収録が早く進むことを願った。

征充は早足に六本木の街を歩いていた。収録はなんとか日付が変わる前に終わり、早じまいをされないために今日は他に客がいることを祈りながら、『花吹雪』へ急ぐ。

「いらっしゃい」

引き戸を開けて中に入った征充を、真っ先に出迎えたのは遼太郎だった。店内には二組の客がいて、まだ店じまいをしそうな雰囲気がないことにホッとして、定位置になっているカウンター席へと腰を下ろした。

「今日はがっつり食べる感じですね」

「よくわかったな」

まだ何も言わないうちから、顔を見ただけで指摘した遼太郎に、征充は感心しながらもそのとおりだと認めた。

「お腹をさすりながら入ってきましたからね」

遼太郎に理由を説明され、征充は照れ隠しに頭を掻《か》く。空腹のときは誰にアピールするわけでもないのに、つい腹を押さえてしまう。癖のようなものだった。

そんな癖を知られるくらい、征充はこの店の常連になっていた。大将もまた征充の味の好みを覚えてくれ、日替わりのメニューの中から好きそうなものを勧めてくれる。

「この時間まで食事抜きですか？」

おしぼりを運んできた遼太郎が、心配した顔で問いかけてくる。収録は午前〇時までに終わったが、ここに移動する間に日付が変わっていた。空腹を感じるまで、何も口にしていないことが、遼太郎を心配させているようだった。

「差し入れのワッフルだかなんだかは食った」

「それは食事じゃないですね」

話を聞いていた大将が、征充の空腹を気遣って、すぐに用意できるものから先にカウンターに並べてくれる。

「お酒は先に何か腹に入れてからですよ」

「了解」

征充は遼太郎の忠告を素直に受け入れ、ビールを口に運ぶ前に、ナスの煮浸しに箸をつけた。

「いい味だ、これ」

空腹というスパイスがなくても、征充の舌を満足させる味付けに、満足の声が漏れ、表情も綻《ほころ》ぶ。

「藤崎さんはなんでも美味しそうに食べてくれるから、作った甲斐《かい》がありますね」

大将は手を動かしながら、嬉《うれ》しそうに笑っている。

「ホントになんでも美味しいからだって。そうじゃなきゃ、こんなに通ってこないよ」

「ありがとうございます」

褒め言葉に謙遜しないのは、自信があるからなのだろう。もう十年、こんな寂れた路地で営業を続けていられるのは、征充のように一度、味を覚えた客が足繁《しげ》く通うからに違いない。

「まあでも、俺がここに来るのは、半分はこのイケメン店員が目当てなんだけどね」

征充の言葉に遼太郎が驚いて動きを止める。

「おっ、兄ちゃん、狙われてるぞ」

他の客から冷やかすような声がかかり、遼太郎は困ったようなはにかんだ笑みを浮かべるだけだ。言葉で答えないのは、どう言えばいいのかわからないのだろう。

「今の俺の癒《いや》しなんだよ」

遼太郎を困らせるのは本意でないから、征充は助け船を出す。

「俺がですか？」

「そう。遼太郎を含め、この店がさ」

ますます驚く遼太郎に、征充は本音で答える。自然と遼太郎と呼びかけるほど、勝手に親しみを抱いていた。遼太郎が客商売での対応をしているだけだとしても、征充にはその笑顔が癒しだったのだ。

「仕事で疲れたときなんか、まっすぐ家に帰るよりここに寄ったほうが、疲れが抜けるから」

「大げさですよ」

「いや、マジで」

征充の声には実感が籠もる。

征充は人に愚痴《ぐち》を零すタイプではないし、弱音を吐くのも嫌だ。何があろうと結局は自分自身で解決しなければならないのだから、それなら楽しくない会話を人にしたくはないという考えだ

った。それなのに、遼太郎の醸し出す優しい空気が、征充の口を軽くする。ついつい疲れや愚痴を零してしまうことも何度かあった。

遼太郎は言葉数の多い男ではないから、自分から励ましてきたりはしないが、疲れたと一言漏らすだけで、そっと力の出そうな料理を大将に頼んでくれる。あるときなど、メニューにないものまで出てきたのだ。それに、客が征充一人になったときには、肩を揉《も》んでくれたこともある。

「遼太郎みたいな弟がいれば、まっすぐ家に帰るんだけどなぁ」

征充はカウンターの中に入った遼太郎を見つめ、しみじみと呟く。征充には姉が一人いるだけだから、特にそう思うのかもしれない。

「それじゃ、うちとしては藤崎さんに弟さんがいなくてよかったってことだ」

大将の言葉で店中に笑いが広がる。

この店では時間がゆっくりと流れているような気がする。普段は時間に追われる生活だから、余計にそう思うのだろう。嘘や誇張ではなく、ここで遼太郎の顔を見るのが、征充の一番の息抜きになっていた。

2

スタジオを出た瞬間、見計らっていたように携帯電話が着信音を響《ひび》かせた。ほんの数分前まで収録の本番中で電源を切っていたから、まさに絶妙のタイミングだ。

征充はジーンズのバックポケットから携帯電話を取り出し、画面を確認する。表示されていたのは、苫篠《とましの》篤《あつし》の名前だった。

『ただいま』

耳に押し当てた携帯電話から、苫篠の明るい声が聞こえてくる。

「久しぶりだな。いつ帰ってきたんだ？」

苫篠から連絡が入るのは約一カ月ぶりだ。映画のロケでインドに行くとは聞いていたが、帰国の正確な日付までは聞いていなかった。

『昨日だよ』

「それで早速、俺に電話してくるか？　意外と暇なんじゃねえの？」

『ひどいな。せっかく元気な声を聞かせてあげようと思ったのに』

遠慮なく言いたいことを言い合える仲の苫篠とは、四年前に知り合った。そのとき、征充はまだディレクターにはなっておらず、今でこそ、若手人気俳優の苫篠も、当時は新人でテレビにようやく出始めた頃だった。征充がADとしてかかわっていた情報番組に、新ドラマの宣伝のため、苫篠が主演俳優と共にゲスト出演したのだ。

苫篠は征充よりも三つ下の二十七歳。親しくなっても、年上の征充を敬《うやま》う態度はなくさず、人気俳優だからと驕《おご》ることもなく、また誰に対しても態度を変えないところに好感を持った。苫篠のほうが征充を慕う理由はよくわからないのだが、何かにつけ、こうしてマメに連絡をしてくるのだ。

「で、ただの帰国の挨拶じゃないんだろ？　用件は？」

『そうそう。藤崎さん、今日の夜って、空いてない？』

「何時だ？」

征充は問い返しながら、この後の予定を思い返す。珍しく昼過ぎに収録が終わり、夕方には体が空くはずだ。

『七時だけど』

「それなら大丈夫だ。でも、飲みに行こうって話じゃないよな？」

『一緒に芝居を見に行ってほしいんだ。絶対に行くって約束してたのに、今日がもう千秋楽《せんしゅうらく》で……』

電話の向こうにいる苫篠の困り顔が目に浮かぶ。社交的で人付き合いを大事にする男だから、日本にいないのならともかく、いるのに顔を見せないではいられないのだろう。

「それで帰国早々に観劇か。ホント、律儀だな」

『前に共演したとき、三俣《みつまた》さんにはよくしてもらったんですよ』

「三俣って、三俣寛《ひろし》？」

征充は記憶を辿《たど》り、思い当たった名前を口にした。よくある名前ではないから、おそらく間違いないだろう。

いくら親しい苫篠が出演しているからといって、全てをチェックしているわけではないが、三俣と共演したドラマは何度か見ていた。確か、刑事物で上司と部下の関係だったはずだ。

『そう。その三俣さん。劇団「ＳＯＲＡ」の主宰者ですよ。知らなかった？』

「劇団にいるってことも知らなかったよ」

苫篠に隠す必要はないから、征充は正直に答えた。

三俣は五十前の個性派俳優で、映画やドラマには多数出演している。決して、主役にはならないが、その主役を支える役柄が多い。征充が一度でもドラマ班に籍を置いていたなら、当然、知り得た情報かもしれないが、バラエティには滅多に出ないから、一緒に仕事をしたことはなく、三俣についてはよく知らなかった。

「けど、それなら、俺がついてく必要はないんじゃないか？」

約束をしたのは苫篠だけだ。わざわざ征充まで誘う理由がわからないと、その疑問を苫篠にぶつける。苫篠のことだから、頼まれてテレビ関係者を連れて行くということもないはずだ。

『そう言わないでよ。帰国したら真っ先に藤崎さんと飲もうと思って、それを楽しみに帰ってきたのに、芝居も今日までだし……』

「だから一緒に行けば早いってことか」

『そのとおり』

嬉しそうに笑っているのが、携帯電話を通じて伝わってくる。

一緒に出かけたいのだと、苫篠のような誰が見てもいい男に言われれば、同じ男でも悪い気はしないいし、慕われるのは純粋に嬉しい。

「行くのはいいんだけど、そんな急でチケットがあるのか？　しかも楽日だろ？」

『それは大丈夫。満席になったことは一度もないって、妙な自慢をされたから』

「なら、オーケーだ。七時な」

征充は最後に時間の確認をして、電話を切った。刺激を受けることは番組作りの役に立つ。だから、舞台でもコンサートでも、時間があれば、できるだけ足を運ぶようにしていた。

携帯電話をまたジーンズのバックポケットに入れながら、ああそうかと気付く。今日の朝、収録が夜までかからないからと、すっかり『花吹雪』に行くつもりでいたのだ。もちろん、誰とも約束していたわけでもないし、店に予約の電話を入れていたわけでもない。征充の気持ちだけなのだが、無性に残念に思う。

それなら、観劇後、苫篠を誘って行けばいいだけなのだが、一部にだけ名の知れた征充とは違い、苫篠は本物の有名人だ。大将や遼太郎が芸能界に疎《うと》くても、客が気付く可能性は大いにある。苫篠が来る店だと噂にでもなって、落ち着いた店の雰囲気が損なわれるのは避けたい。だから、やはり今日は行けないなと改めて思った。

午後六時前、苫篠から局の地下駐車場に到着したとメールが入った。今日中にしておくべき仕事は終えていたから、征充はバッグを手に駐車場へ向かう。

テレビ局の駐車場は、本来、出演者だけに使用が限られているのだが、抜け目ない苫篠のことだから、事務所にでも頼んで、手を回していたのだろう。外で待ち合わせをすると、人目について、動けなくなることがあるから、賢明なやり方だ。

エレベーターが地下に着き、征充が駐車場に顔を出すと、探すまでもなく、苫篠の高級外車が目に留まる。ここにある半分は芸能人の車だから、外車は珍しくないが、派手なスポーツタイプはそう多くない。目立つのが嫌だと言いながら、苫篠は車には拘りがあるらしい。

征充がそこに近づいていくのと同時に、車のエンジンがかかる。苫篠もまた、征充が現れたことに気付いたようだ。

すっと征充の前まで移動してきた車に、征充は助手席のドアを開けて乗り込んだ。

「お迎え、ご苦労」

「偉そうだよ、この人は」

売れっ子の芸能人に出迎えに来させることを、当たり前のように受け止める征充に、苫篠は笑うだけで、全く気にした様子はない。

二人で出かけるときは、いつも苫篠が車で迎えに来ることになっていた。征充は車を持っていないし、目立つ苫篠を、極力、人目に触れさせないようにするため、電車やバスでの移動は論外だ。食事に行く店も、なるべく個室のあるところを選んでいた。

そこまで気にしなければならないのは、さぞ不便だろうと思うのだが、苫篠はもう完全に自由な生活というのを諦《あきら》めているようだ。その代わりに今の地位があるのだと、割り切っているように見える。

ただ、ふと思うのは、ここまでではないにしても、苫篠は芸能人になっていなくても、きっと目立っていたに違いないということだ。女性誌がアンケートを取った、抱かれたい男ランキングでは、本年度、二位になったほどの男前だ。征充も華やかな雰囲気があると言われているが、苫篠とは比べものにならない。身長も百八十センチを超え、モデル出身だけあって、スタイルもよく、立ち姿も様になっている。そしてまた、こんな派手な車もよく似合うのだ。

「まっすぐ向かって大丈夫？」

苫篠はすぐに車を走らせながら尋ねる。

「大丈夫って何が？」

「軽く何か食べてくかってこと。終わると九時過ぎますよ」

「そんな時間はないだろ。それに夕飯が遅れるのなんて、いつものことだって」

収録が延びれば、食事抜きになることも珍しくない。同じ業界にいるのだから、苫篠もそれはよくわかっているはずだ。

車が地下駐車場から地上へと抜け出ていく。朝からずっと局内にいた征充は、この日、初めて外に出たようなもので、天候の変化にも気付いていなかった。

「やっぱ車があると便利だな」

雨の滴《しずく》がフロントガラスを濡《ぬ》らしている。傘も持ってきていなかった征充は、しみじみと実感を込めて呟いた。

「だったら、買う?」

まるで缶コーヒーの購入を勧めるかのように、苫篠が軽い口調で問いかけてくる。

「そんな金ねえよ。それに乗る暇もねえし」

「確かに」

征充の返事に苫篠が声を上げて笑う。苫篠もドラマや映画の仕事が入れば忙しいが、一年中あるわけではないから、年中、時間に追われている征充とは違う。車があっても、通勤に使うだけなら宝の持ち腐れになる。征充のマンションは、局から車で十分の距離にあるのだ。

「じゃ、暇ができたら俺に言ってよ。いつでも貸しますから」

「これを?」

征充は顔を顰《しか》めて問い返す。一千万近くするだろう高級外車を貸すと言われても、それじゃあとは言えない。免許は十八になってすぐに取得したが、仕事で必要に迫られたときしか乗らないから、運転にそれほど自信がなかったからだ。

「こんなの借りられるかよ」

「前に好きだって言ってなかったっけ?」

「乗るならこういうのがいいとは言ったけどな。やっぱ、かっこいいし」

征充は洒落た内装や座り心地のいいシートの感触を味わいつつ、改めて感想を口にする。

だからといって、車に詳しいわけではない。むしろ、興味が薄いくらいで、苦篠との間で車の話題が出ることも、ほとんどない。この車のことも、たまたま番組で使ったから、苦篠に話しただけだった。それも随分と昔のことなのに、よく覚えていると感心する。

「さすがに役者だな。とんでもない量の台詞《せりふ》を覚えてるだけあって、記憶力がすごいよ」

征充は口に出して、苦篠の記憶力を褒めた。

「なんでもかんでも覚えてるわけじゃないけどね」

役者だから当然だと思っているのか、苦篠は得意になったふうもない。

「そりゃま、全部、覚えてたら、頭がパンクするわな。ドラマの台詞なんて、どんだけあるんだよって話だし」

征充は苦篠がこれまでに出演したドラマの数々を思い描く。苦篠の出演作でDVD化しているものは、頼んでもいないのに発売されるとすぐに苦篠が届けにくるから、征充の自宅には全て揃《そろ》っているのだ。

「で、しばらくは暇なのか?」

ドラマと自分が言い出したことで、征充は思いついて尋ねてみた。苦篠は売れっ子だから、映画の撮影が終わっても、事務所がそうそう休みを与えるとは思えない。

「来月から連ドラの撮りが始まりますよ」

やはり苦篠の答えは征充の予想どおりだった。民放局が放映する連続ドラマは、どこの局も1クールの三カ月と期間が決まっていて、放送開始時期も一月から順に三カ月置きだ。来月から収録なら、放送は一月開始のものだろう。

「じゃあまた忙しくなるな。どこの局のドラマだ？」

「ちょっとそれはひどいな。東洋テレビの火曜十時なのに」

苫篠は呆れた口調で、征充が勤務するテレビ局の名前を口にした。

「ああ、あれ、お前が主役か。小説が原作になってる話だろ？」

問いかけに苫篠がそうだと答えた。さすがに班は違っても、同じ局だから、次クールのドラマのラインナップは知っている。東洋テレビが次の目玉にしているドラマだ。ベストセラーになった小説のドラマ化権がやっと取れたと、ドラマ班が浮き足立っているのを耳にしたのは、もう一年も前の話だ。だが、出演者までは聞いていなかった。

「それじゃ、またスタジオで顔を合わせるかもな」

「空き時間に遊びに行きますよ」

「手ぶらじゃ中に入れないぞ」

「了解」

苫篠は笑いながら、征充の軽口に応じた。

会うのは久しぶりだから、互いに話すことはたくさんある。苫篠は行ってきたばかりのインドの話を、征充はこの一カ月の芸能界の話題などを教え合った。話をしているうちに、時間を持て余すことなく、劇場へと到着した。

「この辺りに駐車場ってあったっけ？」

「劇場の地下に入れさせてもらえるように、電話で三俣さんに頼んでおいたから大丈夫」

苫篠はそう言って、既にその駐車場に向けてウィンカーを出す。駐車場入り口にいる係員も、苫篠の顔を見て、すぐに侵入を許可した。

本来、スタッフや出演者だけが利用できる駐車場でも、ここからなら楽屋口へと直行できる。苫篠が一般客に交じってロビーにいれば、ちょっとした騒ぎになるだろう。せっかくの千秋楽を少しの不都合もなく終わらせてあげたいという苫篠の気持ちは理解できた。そのためには、駐車場から楽屋口を通り、開演直前の客席の照明が落とされたときにさっと入れば、客の目に触れずに済む。

「相変わらず手回しのいい奴だな」

「これでも有名人なもんで」

苫篠は冗談めかして答えるが、それだけの苦労をしてきたからこそ、できる気遣いだ。

駐車場で車を停めたときには、もう開演十分前になっていた。これならそう待たずに済みそうだ。

開演前はバタバタしているだろうからと、三俣への挨拶は後にして、二人は開演ブザーが鳴ってから、小さな懐中電灯を照らす係員に案内され、客席の一番後ろの席に並んで座った。ここなら終演後もそっと立ち去れるし、広い劇場ではないから、充分に舞台も楽しめる。

大がかりなミュージカルから、小さな劇場の小劇団の芝居まで、征充はかなりの数の舞台を見てきた。目はそれなりに肥えているつもりだ。その自分の目から見て、『ＳＯＲＡ』の芝居は、三俣には失礼だが、そこそこ楽しめるといったレベルとしか言えない。客の入りが今一つなのも納得だ。だが、三俣の演技は素晴らしかった。

征充がそうやってそれなりに芝居を楽しんでいると、どこかで聞いたことのある声が、征充の注意を惹きつける。

舞台上には五人の役者がいて、その中の誰の声なのか、征充は目を凝《こ》らした。

ミステリー仕立てのストーリーで、今は容疑者の家に二人の刑事が聞き込みに来ている場面だった。

「あいつ……」

征充の視線が一点で留まる。刑事役の一人が、征充のよく知る男に見えて仕方ない。舞台までの距離は二十メートルもないのに、確かめようとすると、もう一人の刑事役の男が盾《たて》になり、男の姿を隠す。要はその程度の役ということだ。台詞もほとんどない。

だが、次の瞬間、征充は確信を持った。その男の数少ない台詞が征充に確信を持たせた。

『お疲れさまでした』

男が先輩刑事に対して言った台詞は、同じ声、同じアクセントで、征充が何度も聞いたことがあるものだったのだ。

舞台にいるのは、間違いなく遼太郎だ。個人で見に来たのならパンフレットを購入していたかもしれないが、開演ギリギリに飛び込んだような状態では、当然、そんなものはない。出演者を確認する手段は今は何もなかった。

二時間の舞台は休憩を挟むことなく、九時を少し過ぎたところで終わった。観客の拍手が起こり、カーテンコールが始まる前に、苫篠が征充の脇を突いて促《うなが》し、共に席を立つ。今ならまだ誰も苫篠に気付いていない。

「三俣さんに挨拶に行くけど、藤崎さんはどうする？」

楽屋へ続く廊下に出たところで、苫篠が尋ねてきた。

「せっかく来たんだ。俺も挨拶していくよ。この先、何で世話になるかわかんないしな」

「ホント、仕事熱心」

苫篠はクスリと笑って、征充を従えて楽屋へと向かう。まだ客席からは拍手が聞こえてくるから、三俣が楽屋に戻るのはもう少し後になるだろう。千秋楽は他の日よりもカーテンコールが多かったり、挨拶があったりと、時間がかかるものだ。

苫篠が来ていることは、劇団関係者は知っているから、姿を見るなり、どうぞと主《あるじ》のいない三俣の楽屋へと案内された。すぐに三俣も戻ってくるからと言って、スタッフがいなくなり、苫篠と二人だけになる。

「どうだった？」

二人だけだが、それでも苫篠は外に聞こえないよう、小声で問いかけてくる。やはり舞台の感想は劇団関係者には聞かせられない。

「脚本はそこそこよかったけど、やっぱ地味だな」

征充は率直な感想を告げた。自分が番組を作る立場だから、つい絵的に考えてしまう。何もか

も派手にする必要はないし、好みの問題もあるだろうが、演出が地味すぎて観客へのアピールが少ないように感じた。

「俺もそう思った。けど、役者はよかったですね」

やはり苫篠がもっとも注目するのは、役者のようだ。確かに苫篠の言うように、演技が気になりストーリーが追えないというような、ひどい役者はいなかった。

「お前、この劇団のこと詳しい？」

征充はふと思いついて尋ねる。

「いや、全然」

苫篠は躊躇《ためら》うことなく即答した。

「初めてですよ、見に来たのは」

「なんだ。じゃ、三俣さん以外は知らないよな」

「何、誰か気になった？」

征充の反応が珍しいのだろう。苫篠は興味をそそられたように突っ込んで質問してくる。これまで、苫篠とは何度か映画や舞台を一緒に見てきたが、征充がこんなふうに尋ねたのは初めてだったからだろう。

「刑事役の若い男、多分、俺の知り合いじゃないかと思ってさ」

「ごめん。知らない」

「ああ、気にすんな。ホント聞いただけだから」

もうすぐ三俣が戻ってくれば確認できることだが、苫篠が知っていれば話は早いから聞いただけのことだと、征充は説明する。

「でも、多分ってさ、知り合いなのに、役者かどうか知らないの？」

「そこまで深い知り合いじゃないんだよ」

事実を口にした瞬間、何故だか、寂しく感じる。常連客としては親しく話しているが、征充が知っているのは、店の中での遼太郎だけだ。バイトを掛け持ちしていることは聞いたが、それもどこなのかまでは知らない。フリーターも珍しくないし、会社勤めをしていない理由を聞こうとも思わなかった。だが、劇団員だとしたら納得だ。

小劇団では年に一、二度、公演ができればいいところで、劇団員全員が生活していけるほどの収益が出ることは、まずない。多くの劇団員が公演や稽古《けいこ》のないとき、バイトに精を出して、生活費を稼ぐのだ。

「確か、結構、いい男じゃなかったっけ？」

苫篠が抜群の記憶力を発揮して、思い出すように言った。

「ああ。お前には敵《かな》わないが、なかなかのイケメンだぞ」

他人事なのに、征充はつい自慢するように言ってしまった。遼太郎の人柄を知っているからこそ、自慢したいと思う気持ちが強くなるのだ。

「そんな知り合いがいたんですね。俺、藤崎さんの関係者はほとんど知ってるつもりだったんだけどな」

「お前がインドに行ってる間に知り合った」

そう口にした征充は、遼太郎と初めて会ってから、そろそろ一カ月になることに気付いた。もうなのか、やっとなのか、随分と昔から知り合いだったように馴染《なじ》んでいるが、その反面、役者であることも初めて知ったくらいの関係でしかない。

「俺がいない間に若い男を引っかけるなんて、迂闊《うかつ》に日本を空けられないなぁ」

苫篠が笑みを浮かべて冗談を口にする。いつものことだから、征充も対応には慣れたものだ。売れっ子俳優の頭を軽くはたく。

「何言ってやがる。ほら、そろそろ来るんじゃないか」

征充は楽屋の外が賑やかになってきたことを指摘した。二人だけのときなら、どんな冗談を言い合おうがかまわないが、やはり苫篠の評判を悪くするような言動は人に聞かせるわけにはいかない。

「楽屋で待ってくれてるの？」

三俣の声が廊下から聞こえてくる。誰かが苫篠の訪問を伝え、急ぐようにとでも進言したのかもしれない。

「苫篠くん」

すぐに三俣が楽屋に現れた。額には汗が滲《にじ》み、それを拭《ぬぐ》うためだろう。肩にはタオルをぶら下げている。

テレビ画面では何度も見ているし、テレビ局ですれ違ったこともあるのだが、実際の三俣は随分と小柄だった。大きく見えたのは、それだけ存在感があったということだろう。

「お疲れさまでした」

苫篠が労いの言葉で主役の三俣を出迎える。

「わざわざ来てくれてありがとう。忙しかったんじゃないの？」

「今日は完全オフです。昼まで寝てましたよ」

「それならよかった」

三俣はホッとしたように言ってから、やっと征充に顔を向けた。いることはわかっていたが、声をかけるタイミングを見計らっていたように見えるのは、征充も同じ心境だったからだ。

「こちらはもしかして、東洋テレビの……」

「制作局の藤崎です」

確認するように切り出してきた三俣に、征充は素早く名刺を差し出した。すれ違ったことしかなくても、局の社員証を首にぶらさげていた征充を覚えてくれていたようだ。

「やっぱりそうだ」

三俣は自分の記憶が間違っていなかったと、名刺を見ながらどこか得意げに言った。

「三俣さんには、いつもうちのドラマ班がお世話になってます」

「とんでもないです。こちらこそ、ありがとうございます」

いい大人として、如才ない挨拶を交わす。名刺を出した以上、征充は東洋テレビの看板をしょっているのだ。失礼な真似《まね》はできない。もちろん、舞台を見ての地味だという感想も、三俣に言うつもりはなかった。

「随分と目立つ二人が座ってるって、劇団員たちがすぐに気付いたんだよ。君が来ることは伝えてなかったんだけどね」

「すみません。邪魔でした？」

苫篠が申し訳なさそうに頭を下げる。

「まさか。みんないつも以上に張り切ってた。君は若手の連中の目指すところにいるんだ。いい楽日になったよ」

「彼らの目標は三俣さんでしょう？　だから、この劇団にいるんじゃないですか」

「いやいや、うちは来る者拒まずだから。他の劇団に落ちて、うちに来たってのが多くてね」

三俣はそう言って快活に笑う。それがいいきっかけになった。劇団員について尋ねるのなら、座長に確かめるのが一番だ。

「三俣さんにお聞きしたいんですが、幸塚遼太郎ってそちらの劇団員ですか？」

征充はようやく一時間前からの疑問を口にする。

「うちの幸塚をご存じなんですか？」

三俣が驚いた顔で問い返してきたことで、さっきの役者が遼太郎で間違いなかったのだと確信できた。

「ええ、俺がよく行く居酒屋でバイトしてるんですよ。でも、芝居をやってるなんて知らなくて、さっき、舞台で見てびっくりしました」

「口数の多い男じゃないですからね。多分、自分からは言わないんでしょう」

三俣の口ぶりでは、遼太郎が劇団に入ってすぐというわけではなさそうだ。座長の三俣に性格を把握《はあく》してもらえるくらいの位置にはいるらしい。

「会っていきますか？」

「是非」

遼太郎の驚く顔が見たいと、征充は即答した。

「じゃ、俺もついていこうっと」

それまで黙って話を聞いていた苫篠も、この場で残されても暇なのだろう。間髪入れずに申し出てきた。

「若手はみんな同じ楽屋だから、なんだったら、こっちに呼んできましょうか？」

「三俣さんにそんな面倒をかけられませんよ。それに、いきなり押しかけたほうが驚くでしょう？」

征充がニヤリと笑うと、三俣も意図を汲《く》み取り、口元を緩める。

大きな劇場ではないから、楽屋の数もそう多くないし、当然ながら、全員に与えられるほどもない。役の大小にかかわらず、入団十年目までの劇団員は、同じ部屋を使うことに決まっているのだと、三俣から説明を受けているうちに、その大部屋へと到着する。

苫篠が姿を見せたことで、にわかに楽屋がざわつき始める。

「あれ、遼太郎は？」

室内を見回していた三俣が、誰にともなく問いかけた。それは征充の疑問でもあった。後ろから覗く限り、遼太郎の姿は見つけられなかったのだ。

「もう帰りました。バイトがあるからって……」

答えたのは遼太郎とそう年の変わらなさそうな、若い男だ。さっきも舞台に立っていたのかもしれないが、記憶にない。

「なんだ、またか。今日くらい休めばいいのに……」

三俣は呆れたように言って、すぐに征充に振り返る。

「すみません。あいつは公演中もアルバイトを休まなくて、着替えもそこそこに飛んで帰るんですよ。たまには打ち上げに出たらどうだって、バイトを休めないのかと言ったんですけどね」

「遼太郎らしいな」

その姿が想像できて、征充は微笑《ほほえ》ましい気持ちになった。役者の遼太郎は想像できなくても、普段の見慣れた姿はいくらでも思い浮かぶ。今が午後九時半過ぎ、きっとバイト先は『花吹雪』だろう。女将さんとの入れ替わりのバイトだから、自分の都合で休みたいとは言えないのだろう。

「なんだ、いないのか。俺も会ってみたかったな」

隣にいた苫篠が、残念そうに呟いた。

「俺がいい男だって言ったから、見てみたくなったのか？」

「そりゃね。やっぱり気になりますよ」

「安心しろ。お前のほうが華やかだ」

征充はお世辞を言ったつもりはなく、事実を告げただけだ。遼太郎が目を惹くほどの男前であることは事実だが、苫篠のような派手さはない。

「そうだなあ。うちの遼太郎にも苫篠くんくらい、華があれば、もっといい役をつけられるんですけどね」

小声で話していたわけではないから、前にいた三俣にも声は聞こえる。三俣の口調には冗談でない本気が感じられた。座長として、劇団員の成長を考えるのは当然のことだ。

「経験じゃないですか？　素材はいいわけですから」

征充はつい遼太郎を庇《かば》うようなことを言ってしまう。役者としての素質を見抜くには、あれだけの役ではわからない。ただ、プロの三俣が小さな役しか与えていないのだから、まだまだだということなのだろう。

「ま、俺は芝居のことはよくわかりませんけど」

あまり出過ぎたことを言いすぎてもいけないと、征充はフォローも忘れない。特に征充はドラマを作ったことは一度もないのだ。

「三俣さん、あの打ち上げなんですけど……」

楽屋の中にいた若い男が、チラリと苫篠を見ながら三俣に話しかける。

「苫篠さんは来られるんですか？」

本人を前にしての勇気を持った問いかけに、三俣はああとわかったように頷《うなず》いた。苫篠は業界内にもファンが多いから、おそらく女性の劇団員に頼まれて、確かめに来たに違いない。

「苦篠くん、この後、空いてないかな？」

三俣が苦笑いで苦篠に問いかける。自分が出演していない舞台やドラマの打ち上げでも、役者が呼ばれることは珍しくない。苦篠もそれくらいのことは想像していたはずで、現に誘いを受けても驚いた様子はなかった。

「お邪魔じゃなければ、是非」

劇団員が見守る中で誘いを断るのは、座長の顔を潰すことにもなるし、失礼に当たる。苦篠ならその程度の気遣いはできる。きっと誘われれば打ち上げに参加して、そうでなければ、征充と飲みに行こうと考えていたのだろう。

「藤崎さんもどうですか？」

二人で来ているのに、その片方だけを誘うのはおかしい。三俣が当然の流れで征充も誘ってくる。

初めて見た劇団の舞台の打ち上げ。征充には知り合いが誰もいない場所だ。物怖じしない性格だから、これまでにも自分は全く関係していないのに、苦篠が出ていたというだけで、そのドラマの打ち上げに参加したこともある。おそらく苦篠も打ち上げに誘われたときには、征充も一緒にと考えていたに違いない。だから気軽に一緒に見に行こうと誘ったのだろう。

「あっと、すみません。俺は今日中に上げなきゃいけない仕事が残ってるんですよ」

「それは残念です」

三俣はそう言った後、劇団員の誰かに呼ばれて席を外す。楽屋の廊下で通りかかる人はいるが、

二人だけになったところで、

「仕事なんか残ってた？」

苫篠がさっきの征充の口実を確かめる。最初の電話で苫篠と約束したときには、征充はそんなことを一言も言っていなかったのだ。

征充はさりげなく周囲を見回し、そして、小声なら誰にも聞かれないと判断して、事情を話すことにした。

「俺が行くと誤解をさせかねないからな」

「誤解って？」

「お前のことはみんな知ってるけど、俺は誰だって話になるだろ。それでテレビ局の人間だと説明する。その後、どうなる？」

征充の問いかけに、苫篠は言葉に出さずにわかったように頷いた。

劇団員たちに悪気はなくても、テレビ局のしかもそれなりに力を持ったディレクターとなれば、自然と態度が変わってしまう。それにいるだけで下手《へた》な期待を抱かせる恐れもあるのだ。誰か目当てがいて舞台を見に来たのではないのか。もしくは誰か目に留まったのではないのかと。

「それじゃ、仕方ない。久しぶりに飲みたかったんだけどな」

苫篠が理解するのは早かった。だから、残念そうに言いながらも、それ以上、誘ってくることはなかった。

「撮りが始まるまでは暇なんだろ？　またいつでも行けるじゃないか」

苫篠が主演するドラマの収録は十月の半ば頃から始まるはずで、まだそれまでには一週間はある。苫篠だからスケジュールを把握しているのではなく、スタジオの空き状況やスタッフの配置を知るために、前もって調べておくようにしていた。

「そっちが忙しいくせに」

「だから、俺の時間に合わせせろ」

征充は偉そうに言って笑うと、苫篠も慣れたもので呆れたように笑い返すだけだ。

「じゃ、俺、もう行くわ」

打ち上げに参加するわけでもないのに、いつまでもここに留まっている理由はない。征充は辺りを見回しながら言った。三俣がいれば挨拶をしておこうかと思ったが、わざわざ探してまですることはないだろう。チケットを手配してもらった礼は苫篠に頼む。

「送るよ」

苫篠は車のキーを見せて言った。

「馬鹿言え。売れっ子俳優をタクシー代わりにできるか」

「いつもしてるような気がするんだけど」

「それはついでがあるからだろ」

一緒に出かけたときは、酒を飲まなければ、いつも苫篠が自宅マンションまで送ってくれていた。けれど、それはどちらも帰るからであり、苫篠に他の目的地があるときまで頼むつもりはなかった。

「俺の打ち上げじゃないんだし、ちょっとくらい遅れても大丈夫だよ」

「それで遅れた理由が俺を送り届けてたからだって言うのか？　また俺の評判が落ちるじゃないか」

「また？」

苫篠が征充の言葉を聞き咎《とが》める。

「顔がいいと何かとやっかみが多いんだよ」

征充は嘯《うそぶ》いて笑う。以前なら強がってしか言えなかった冗談も、今は不思議と落ち着いた気持ちで本当の冗談にできた。

それは遼太郎のおかげだ。遼太郎と知り合ってからは、仕事でどんなに嫌なことがあっても、苛《いら》ついたことがあっても、あの店で遼太郎たちに囲まれているだけで、不思議と穏やかな気持ちになれた。噂などたいしたことではないと、心から思えるようになったのだ。

「じゃ、帰るわ。またな」

征充はそう言うと、既に歩き出し、背中を向けたままで苫篠に手を振った。

スタッフに案内され、通用口から外に出ると、来るときには降っていた小雨がやんでいる。征充は劇場前に停まっていたタクシーに乗り込み、迷うことなく、六本木を行き先に告げた。

三俣から本人だと教えられた以上、やはり遼太郎のところに乗り込んで、どうして黙っていたのかと追及したかった。

先に劇場を出た遼太郎は、どんな交通手段を使って『花吹雪』に行ったのだろう。知っていれば、一緒にタクシーで行けたのにと、考えても意味のないことを思いながら、窓の外を流れる夜の街並みを眺《なが》めていた。

劇場を出てから三十分後、征充は『花吹雪』の引き戸に手をかけていた。

「いらっしゃい」

最初に征充に気付いて声をかけたのは、半被姿の遼太郎だった。やはりここのバイトに出るために、打ち上げに参加しなかったのだ。

遼太郎はとてもほんの一時間前まで、舞台に立っていたとは思えないくらいに元気で、疲れた様子は一切見せず、また役者の匂いを感じさせなかった。ルックスは抜群《ばつぐん》なのだが、控えめなところがそう思わせるのだろう。

「いつもの席へどうぞ」

午後十時半を過ぎていても、店内はほどほどに混み合っていたが、征充の指定席になっているカウンターの隅の席は空いていた。征充がそこに座ると、すぐさま遼太郎がおしぼりを差し出してくる。

「お、サンキュー」

征充が礼を言って受け取っても、遼太郎はまだそばを離れない。それどころか、背中を丸め、顔を近づけてくる。

「さっきは挨拶できなくてすみませんでした」

征充にだけ聞こえるように、遼太郎は小声で詫《わ》びる。

「俺がいること、知ってたのか？」

「苦篠さんが来てるから、見てみろって言われて……」

「そしたら、隣に俺がいたってわけか。目がいいんだな」

感心しながらも、驚かせてやろうと意気込んで乗り込んできただけに、拍子抜けした気分だった。

「藤崎さんは目立ちますから」

「俺がじゃなくて、苦篠がだろ？」

一人でいるときならともかく、苦篠と一緒にいれば征充など影が薄くなる。いくら征充が常連客だとはいえ、言いすぎだと征充は苦笑いながら問い返した。

「いえ、俺は苦篠さんの顔をちゃんと覚えてなくて、いるって教えられた場所を見てみたら、最初に藤崎さんが目に入ったんです」

冗談を言っているとは思えないほど、遼太郎の表情も声音も真面目《まじめ》で、征充はつい言葉を失ってしまう。これで相手が女性なら、アプローチをかけられているのかと疑いを抱くところだが、遼太郎にはそんなつもりは微塵《みじん》もないだろう。

「苦篠に聞かせてやりたいね。落ち込むかもしれないけど」

征充がふっと口元を緩め、笑顔を見せると、遼太郎も釣られたように笑う。

その間にも遼太郎から大将に、今日の征充の腹具合が伝えられる。遼太郎も征充の話し相手ばかりはしていられない。征充が本題に入る前に、遼太郎は厨房へと入っていった。

「大将はさ、遼太郎の舞台、見に行ったりしないの？」

遼太郎がいなくなった隙《すき》に、征充は小声で大将に問いかけた。さすがに大将にまで話していないということはないだろう。いつもいつも、今日のように舞台終演後でもバイトに間に合うとは限らないのだ。

「遼太郎が教えてくれないんですよ。知り合いに見られるのが恥ずかしいって言って……」

やはり大将は遼太郎が役者をしていることを知っていたようだ。そして、そのことを温かく見守っていることも伝わってくる。

他に客はいても、皆、もう落ち着いて飲むだけになっているのか、大将は征充のための料理を作ることに専念し、その合間に話し相手になってくれた。

「藤崎さんはいつ知りました？　あいつが自分から？」

「今日ですよ。誘われて見に行った舞台に出てるから、びっくりして」

征充は正直に驚きを伝えた。だが、その征充以上に大将が驚いた顔を見せる。

「今日だったんですか？　何も言わないもんだから、最近は公演をしてないのかと思ってました」

「会場が割と近いんですよ。休まなくても大丈夫だと思ったんでしょうね」

芝居が終わってすぐに劇場を飛び出せば、楽に間に合うのは、征充も自分の足で確かめたからわかっている。

「公演のときくらい、休んでいいって言ってるんですけどね」

大将の目が、厨房から出てきた遼太郎に注がれる。遼太郎は他の客に熱燗《あつかん》を運んでいくところだった。

「休まずに済むなら休みたくないんでしょう。それに……」

征充は体の向きを変え、厨房へと戻ろうとする遼太郎を引き留める。

「お前、人の多い飲み会とか、苦手だろ？」

「どうしてわかるんですか？」

遼太郎は首を傾げて問い返してくる。

「見るからにっての？　お前が熱く演劇論を戦わしてる姿なんて、想像できないし」

征充の指摘に、遼太郎は苦笑いを浮かべることで肯定した。おそらく、劇団の仲間で飲み会をしても、もっぱら聞き役に回っていそうだ。

「遼ちゃん、ビール追加」

今度は別の常連客から声がかかり、遼太郎は征充に小さく頭を下げて厨房へと消えていく。

「しかし、元気だなぁ」

征充はその働く姿を見て、しみじみと呟いた。二時間の舞台を勤め上げた疲れなどは、どこにも見受けられない。

「遼太郎、頑張ってましたか？」

「頑張ってたんじゃないかな。俺も芝居はあんまり詳しくないから、偉そうなことは言えないけど、完全に別人になってたよ」

征充が口にした質問の答えに、大将は満足げな笑みを漏らす。その表情は息子を褒められたときの父親のようだった。

「遼太郎がここでバイトを始めてどれくらいになんの？」

「もう三年になりますかね」

やはり昨日今日の付き合いではなかった。毎日のように顔を合わせる三年の月日が、二人の間に親子に近い感情を抱かせたのではないだろうか。

征充の視線は他の客と談笑している遼太郎に注がれる。その客も征充と同じで一人で来ていたから、相手が望むのであれば、話し相手になるために足を止めているのだ。その間、遼太郎は嫌そうな顔もせずに、聞き上手なところを見せている。

それからはいつものように時を過ごした。遼太郎は手が空けば征充のところにもやってきて、話し相手になってくれる。征充はモテることが日常的になっているから、わざわざ女性にちやほやされるためにクラブに行こうとは思わない。だが、もし、遼太郎がホストクラブにでもいて、こういう癒し方をされるのなら、うっかり通いすぎて金を注《つ》ぎ込んでしまいそうだ。

「それじゃ、大将、遼ちゃん、また」

二人連れの客が帰っていく。今日もまた、最後に残ったのは征充になった。征充は腕時計に目を遣り、どれくらい居座っているのかを確かめる。

「うわ、もう二時？」

予想以上に時間が経っていて、征充はつい驚きを口に出してしまう。十時半にはここにいたから、軽く四時間は過ごしていることになる。いつもそうだ。あまりにも居心地がよすぎて、気付かないうちに長居をしてしまうのだ。

「まだ閉店まで一時間ありますから、気を遣わないでいてくださいよ」

大将が征充の独り言に気付き、優しい言葉をかけてくれる。もうろくに注文をしていないのだから、征充が帰れば店じまいができ、大将たちにとっては楽なのに、心から言ってくれているように感じる。

「大将がそういうこと言うから、腰が上がんなくなるんだよな」

「かまいませんよ。座っててください」

「じゃ、もう一本だけ」

征充は空になった銚子《ちょうし》を振り、カウンターの中の大将に、最後の注文をした。

「ありがとうございます」

「後は俺がやっておきます」

大将が厨房に向かおうとするのを遼太郎が引き留める。客はもう征充だけで料理の注文がないとなれば、大将がいなくても大丈夫だ。征充が最後の客になったときには、これが当たり前になったから、大将もすぐに了承し、征充も会計だけを先に済ませる。あくまで遼太郎はアルバイトの身だから、最終的にレジを締めるのは大将だ。翌日に持ち越させるような面倒はさせたくないと、征充から言い出したことだった。

大将が帰ると完全に二人きりになり、遼太郎は早々に表の看板を片づける。これでもう他の客が入ってくることはない。

「なあ、全然、疲れてないのか？」

動きを止めずに働き続ける遼太郎を見て、征充は堪えきれずに問いかけた。厨房を片づけ終えて出てきたというのに、あまりにも涼しい顔をしているのだ。

「いつもしてることですから」

「けど、今日は舞台もあったじゃないか」

「疲れるほどの役じゃないですよ。出番も台詞も少ないし……」

謙遜でも卑下《ひげ》しているのでもない。遼太郎の淡々とした口調からそう感じられる。実際、征充もそれは客席で見ていたから知っているが、小さな劇団では舞台に役者として上がるだけで仕事が終わりではないはずだ。裏方の仕事も手伝わなければならないと聞いたことがある。

「どちらかというと、いつものバイトに行くほうが疲れます」

「ああ、そうか。バイトの掛け持ちしてるんだった。ここ以外は何やってんの？」

「午後から九時までパチンコ店です」

今日一日だけで、遼太郎がこの店でバイトをする以外、何をしているのかが次々に明らかになる。これまで尋ねなかったのは、遼太郎に関心がないわけではなく、本人にはいつでも会えているから必要がなくて聞かなかっただけだった。

「で、午前中が稽古?」

「稽古場が空いてるときは、そうですね」

遼太郎は手を休めずに、征充の質問に答える。本業が役者なのだと改めて見れば、紺色の半被も舞台衣装に見えなくもない。遼太郎がいい男なのは間違いないのだ。

「劇団に入ったのはいつ?」

「二十歳のときです」

「芝居を始めたのもそのとき?」

おとなしい遼太郎がどうして派手な演劇の世界に入ったのか。征充はそこに興味を持ち、つい質問攻めにしてしまう。

「友達に連れられて、『SORA』の舞台を見に行ったんです。こんな世界もあるんだって、カルチャーショックっていうのか……」

「じゃ、それまで全く興味なかったんだ?」

「なかったです。大学に入るまでは、部活ばかりやってました」

征充はああと納得する。役者だと言われるよりも、スポーツに汗を流している姿のほうが、今の遼太郎からは容易に想像できた。

「何部?」

「陸上です。専門は長距離でした」

黙々と走り続ける遼太郎の姿が目に浮かぶ。人当たりがいいから、チームプレーが苦手だとは思わないが、口数の少ない遼太郎には、一人で汗を流すのが似合っているように思えた。

「大学はちゃんと卒業した？」

遼太郎ははいと頷いてから、

「卒業までは劇団と大学を掛け持ちして……」

「それにバイトもだろ？」

征充の決めつけたような問いかけに、遼太郎は苦笑いで答えた。

「そうです。上手くなるのはバイトばかりな気がしてます」

今の話から計算すると、遼太郎は芝居を始めて四年目だ。まだまだ先の見えない不安があるのは仕方ないだろう。征充の見る限り、遼太郎の芝居は下手ではなかったが、やはり経験不足があるような気がした。多くても年に二度しか公演のない『ＳＯＲＡ』の舞台だけでは、なかなか経験を積むといっても難しそうだ。

「でも、意外だったな。遼太郎が役者やってるなんて」

「ありきたりな理由かもしれませんけど、別人になってみたかったんです」

「お前が？」

征充は驚きを隠せず、念を押した。遼太郎は外見にはどこも問題がないどころか、羨《うらや》ましがられることのほうが多いはずの整ったルックスだ。内面的にも征充から見る限り、どこにも欠点が見つけられないくらいの好青年で、どこに不満があるのかわからない。

「足の故障で陸上をやめてから、俺は人に誇れるものが何もなくなりました。自分に自信が持てなかったんです」

征充はあえて容姿が自慢になるだろうとは言わなかった。遼太郎が気にしているのは、そういうことではないのだ。

遼太郎の真面目さがよく出ている。自分が二十歳のときはどうだったろうと、征充は過去を思い返す。都内の大学に通い、バイトとコンパに明け暮れる、どこにでもいる大学生だった。一応はテレビ局の就職を考え、マスコミ関係のサークルには入っていたが、それほど真面目に活動はしていなかった。

「だから、自分以外の誰かになれたらって……」

遼太郎が役者を目指した理由は、意外ではあったものの、遼太郎らしいとも思えた。

「それで、役者か……」

「おかしいですか？」

「いや、いいんじゃないの。動機なんて人それぞれだ」

職業柄、いろんな話を聞く機会は多い。動機に正解も不正解もないのだと、征充は安心させるように笑う。今やトップクラスの俳優になった人間でも、最初は有名になりたいという理由からだったと聞いたこともある。モデルから役者に転身した苦篠に至っては、割のいいアルバイトのつもりで始めたのだ。芝居には全く興味がなかったらしい。動機はどうあれ、結果的に自分が納得できればいいというのが、征充の考えだ。

「ありがとうございます。藤崎さんにそう言ってもらえると、なんかホッとします」

遼太郎が安堵《あんど》の笑みを零す。

「けど、どうして役者をしてること、黙ってたんだ？」

舞台上に遼太郎を見つけたときから、ずっと抱いていた疑問を征充はようやく口にすることができた。秘密にされて怒っているわけではなく、ただ不思議だっただけだ。

「役者で食べていけてないなら、本業じゃないかなって。だから、言えませんでした」

正社員にはならずに、朝から晩までバイトしているのは、役者としては食べていけないからで、若い劇団員にはよくある話だ。『ＳＯＲＡ』は、苫篠によると、五百の客席が満員になることはないというから、遼太郎の現状は理解できる。

「でも、話の流れで出てもよさそうなもんだけどな。俺の仕事とは全く無関係でもないんだ。現に三俣さんとは顔を合わせたりするわけだし」

「三俣さんはドラマに出てるんで関係ありますけど、俺は舞台だけですから」

「そうそう、それ。テレビに興味ないって言ってたけど、ドラマは？」

征充は初対面のときの会話を思い出した。あのときの口ぶりから、芸能界に興味がないと判断したのだ。それなのに遼太郎は役者をしている。

舞台でもドラマでも、芝居をするという意味では同じだ。しかも、座長の三俣は頻繁《ひんぱん》に映画やドラマに出演している。いくらテレビのない部屋に住んでいて、バイト三昧《ざんまい》で時間がなくても、全く見たことがないというのは、三俣に対して失礼だろう。遼太郎がそんな礼儀のないことをするとは思えなかった。

「舞台とドラマは違います」

「どこがどう違う？」

遼太郎の短い答えでは納得せず、征充はさらに深く追及した。その二つが違っているとはよく聞くが、自分が関わる世界を遼太郎がどう思っているのか知りたかった。

目を細め、僅かに首を傾げる遼太郎の姿は、自分の考えをどう伝えようか迷っているように見え、征充は焦らず答えを待った。

「テレビはお客さんがいませんよね？」

「ドラマの話なら、いないわな」

バラエティや情報番組では、観客を入れることもあるが、基本的にドラマは完成してから視聴者に見せるものであって、つまりはテレビの前にいる視聴者が観客ということになる。

「だから、何度もやり直しができる分、テレビは作り物って感じがするっていうか、感情が籠もってないような、なんだか、嘘くさく感じるんです」

「嘘くさい？」

遼太郎の言葉を聞き咎め、征充はぴくりと眉《まゆ》を上げ、声を低めて問い返す。

「舞台だろうが、テレビだろうが、架空《かくう》の世界を作り出すってのは同じだ。そういう意味じゃ、どっちも嘘の世界だろ？」

「架空の世界だから嘘なんじゃなくて、見せ方の問題っていうか、作り手側の気持ちっていうか……」

遼太郎が懸命に言葉を探しているのはわかる。けれど、それが余計に征充を腹立たしく思わせた。何故なら、遼太郎が言葉を使い間違えたわけではなく、本気でそう思っているとわかるからだ。

大学を卒業して八年、征充はずっとテレビ局で働いている。視聴者が求めるものを、楽しんでもらえるものを自分なりに考え、形にしてきたつもりだ。それなのに、遼太郎は征充の八年をたった一言で否定した。

征充は頭に上った血を下げる方法が見つけられないまま、遼太郎を睨《にら》みつける。

「嘘の世界に生きてて悪かったな」

「そういうことを言ってるんじゃ……」

征充が怒りを堪えきれずにいることに、遼太郎はようやく気付き、言葉を詰まらせる。

「さっきと同じ台詞、座長の三俣さんに言えるもんなら言ってみろ」

「すみません、藤崎さん」

「遅くまで悪かったな」

頭を下げる遼太郎には目もくれず、征充は立ち上がり店を飛び出した。

先に精算を済ませておいてよかった。おかげで、啖呵《たんか》を切ったのに支払いでもたつくようなかっこ悪い真似をしなくて済んだ。

六本木の街でもさすがに午前二時を過ぎると、大通りに来ても人通りは少なくなる。客待ちをしているタクシーが停まっているのを横目に、征充はそのまま深夜の街を歩き続ける。遼太郎の

言葉への憤《いきどお》りが、未《いま》だ収まらず、少し頭を冷やしたかったのだ。

十月も中旬に差し掛かると、夜は上着なしでは寒くなってきた。今はそのくらいの寒さがちょうどよかった。

どうしてあんなに腹が立ったのか。人間、図星を指されたときほど、腹が立つものだ。テレビが作り物で嘘の世界であることは、部外者に言われなくてもよくわかっている。それが悪いのではなく、虚構《きょこう》の世界をどう面白く作り上げていくのかが、テレビの仕事だと考え、これまで取り組んでいた。

それなのに遼太郎の言葉であれほど苛立ちを覚えたのは、征充自身、今の仕事に疑問を感じ始めていたからだった。

征充に求められているのは、いい番組を作ることではなく、視聴率が取れる番組を作ることだ。そのために手っ取り早いのは、視聴者に興味を持たせることではなく、興味を持っているものを取り上げる。

今だけ受ければいい。十年後には誰の記憶にも残らないかもしれない。そんな番組を作っている自覚はあっても、すぐにわかる目に見える結果を残さなければならないと、日々の仕事に忙殺されていた。

入社した当初は、夢や希望があった。それが、敏腕ディレクターなどともてはやされるようになって、期待を裏切れない、失敗したくないという思いが強くなったせいで、疑問を感じながらも、それを押し殺し、目先の視聴率を優先させるようになっていた。だから、痛いところを突かれた気がして、余計に遼太郎を責めてしまったのだ。

出会ったときにテレビ局に勤めていることを話したのに、自分が制作した番組を見てくれと言えなかったのも、きっとそんな気持ちが根底にあったからだろう。

最初は苛立ちで、次第には後悔を抱きながら、征充は約一時間ばかり歩いていた。冷静にはなれたが、すっきりしないまま、自宅マンションへと到着する。

自室へと戻ったときには、もう遼太郎への怒りはなかった。かといって、謝ろうとも思わなかった。怒ったのは大人げなかったが、遼太郎にも悪いところはある。正直にしているだけでも、相手を傷つけることもあるのだ。

けれど、このまま遼太郎にテレビが嫌いだと、嘘ばかりの世界だとは思わせておきたくなかった。仲違《なかたが》いしたままでいるのも嫌だが、遼太郎にずっとそう思わせ続けるのはもっと嫌だ。

それなら、どうするべきなのか。誰に対しても自信を持てる番組を作ればいいだけだ。

視聴者の顔色を窺うような番組ではなく、作り手側の意思を伝える。ドキュメンタリー番組でなくても、笑いばかりのバラエティでも、きっとそれはできるはずだ。そんな番組を作れたとき、もう一度、遼太郎に同じ質問をぶつけてみたい。

さんざん飲んだはずなのに、酔いはすっかり消え失せていた。征充はパソコンデスクの前に座り、企画書を作るためにパソコンを起動させた。

3

十月も終わりに近づくと、そろそろ年末特番の打ち合わせが始まり、収録の日程などが決まっていく。ついこの間まで、秋の特番ばかり放送していたのに、月日の経つのは早いものだ。

征充は午前中に打ち合わせを終え、午後からはレギュラー番組の収録のため、局内にあるスタジオへと移動していた。

「藤崎さん」

聞き慣れてはいないが、聞き覚えのある声が、征充を呼び止める。振り返ると三俣が立っていた。スーツ姿なのはおそらくドラマの役衣装なのだろう。

「先日はどうもありがとうございました」

足を止めた征充に、三俣のほうから近づいてきて頭を下げる。

「いえいえ、こちらこそ。俺の分までチケットを用意してもらって、かえってすみませんでした」

「とんでもない。お客さんは一人でも多いほうが張り合いがありますからね。それに藤崎さんがテレビ局の人だってわかると、若いのが妙に興奮して、打ち上げも盛り上がりました」

「期待させちゃいましたか？」

征充は困惑《こんわく》の笑みを浮かべて問いかける。観劇は個人的な付き合いで行っただけで、劇団員の誰かを番組に起用しようとは、全く考えていなかった。

「ああ、すみません。そういう意味じゃなくて、やっぱり苦篠くんはすごいなあってことみたいですよ」

「苦篠がどうして？」

「急に来ることが決まったのに、テレビ局のディレクターを付き合わせられるんだからってことらしいですね」

三俣も苦笑いだが、そんな言われ方をしているとは思わなかった征充も、苦笑するしかない。

「現場のディレクターなんて、局内じゃ、下っ端ですよ。三俣さんも知ってるくせに」

「あいつらはテレビ局ってだけで、もう雲の上のことですからね」

三俣はそう答えることで、征充の言葉が正しいと暗に認めた。

「テレビと言えば、うちの幸塚と何かありました？」

急に思い出したように、三俣が切り出してくる。

「何かって言われても……、どうしてですか？」

征充は内心、僅かに動揺したのだが、それを押し隠し、思い当たることがないというふうに問い返す。遼太郎がどこまで話しているかわからないうちは、下手なことを言って、三俣の中での遼太郎の評価を下げることをしたくない。

「いえね。知り合いだと聞いたから、藤崎さんの話をしようとしたら、急に塞《ふさ》ぎ込んで、怒らせたって言うもんですから」

その程度かと、征充はついうっかりああと言ってしまい、三俣に頭を下げられる。

「本当に申し訳ありません」

「あ、いや、そうじゃないんですよ。ホントにたいしたことなくて、ただ、俺もまだまだ若いなってくらいのことで……」

征充は照れくささや気恥ずかしさで、慌てて三俣に弁解する。

遼太郎への怒りなど、とっくになくなっていた。今はもう大人げなく怒りを露《あら》わにしてしまったことが気恥ずかしくて、あれから店に顔を出せないでいるから、遼太郎はそれを怒っているせいだと思っているようだ。

「私から見れば、藤崎さんは充分に若いですよ。まだ二十代でしょう？」

「三十になりました。それに遼太郎よりは大人のつもりです」

「確かに、あいつは年齢の割にすれてないというか、世間知らずなところはありますね」

三俣は頷きながらそう言って、立ち去る様子を見せない。まだ本番まで時間があるようだ。征充も本番まで少しなら時間はあるし、ちょうどいい機会だと、遼太郎のことをもっと聞き出すことにした。

「三俣さんならご存じですか？　遼太郎がドラマを……苦手になった理由」

征充は言葉を選びながら尋ねた。ドラマ嫌いと言えば、まさにそのドラマを収録中の三俣に嫌な思いをさせてしまうかもしれないから、苦手という言い方に留める。

「ああ、その話をしたんですね」

三俣はすぐに納得した顔になる。

「それで、言い方が悪くて藤崎さんを怒らせたと？」

「まあ、そんなとこです。でも俺ももう冷静になったんで、ホントに怒ってませんから」

「それはよかった。あいつに伝えておきます。珍しくしょぼくれた顔をしてるから、気になってたんですよ」

そんな事実を教えられても、征充はどんな顔をしていいかわからない。けれど、遼太郎に珍しい顔をさせられるほどの変化を与えたのだと聞かされ、何故だが、嬉しく思う気持ちもあった。

「それに、あいつがドラマに悪い印象を持つようになったのは、私のせいなんです」

三俣は征充の心境には気付かず、話を続ける。

「三俣さんのって……、どうして？」

「二年前の話なんですが……」

隠すことでもないからというよりも、むしろ聞いてほしいというかのように、三俣は躊躇わずに過去を話し始める。

二年前、『ＳＯＲＡ』の定期公演で、三俣は最初に遼太郎に割り振っていた役を、稽古が始まってから、ドラマで活躍している人気の若手役者に替えたことがあった。ドラマで共演したのをきっかけに親しくなったその役者は、三俣の影響もあり、事務所に舞台がしたいと言い出した。『ＳＯＲＡ』の公演の間がちょうどスケジュールも空いていて、事務所から三俣のところに出演できないかと打診があったのだ。

「それで、遼太郎の役をその役者に替えたんですね」

「ええ。うちの劇団は、この間、見てもらったとおり、楽日でも満席にならない状態です。その役者が出れば、彼目当ての女性客は増えるし、ワイドショーでも取り上げられて宣伝効果もある」

「座長として、当然の判断だと思いますよ。俺でもそうしたでしょう」

三俣は座長であり演出家も兼ねている。立場は違えど、征充もディレクターとして演出をする立場だから、三俣の気持ちが理解でき、彼を責めることはできなかった。どんなにいいものを作っても、見てもらえなければ意味がないのだ。まずは一度でも公演に足を運んでもらうために、きっかけとして、人気のある役者を客演で招くというのは、効果的な方法だろう。

「遼太郎もそれくらいはわかってたんですよ。だから、俺を責めるようなことは、一言も言いませんでした」

「あいつらしい」

征充はそのときの遼太郎の気持ちを思いやり、優しい笑みを口元に浮かべる。ショックを受けただろうし、相当に辛《つら》かったはずだ。けれど、座長としての三俣の苦労を知っているから、何も言えなかったに違いない。

「遼太郎にとっては、それまでの役の中で、一番、台詞も出番も多い役でした。台本を渡したときからすごく張り切ってたんですよ。それを私が取り上げた。遼太郎よりも下手な役者に役を与えるためにです」

征充はこのとき初めて、三俣が役者の名前を伏せている理由に気付いた。その役者の芝居が下手だとは、同業者としてテレビ局の人間には言えないという判断からだった。

「それでテレビ嫌いですか」

「そうみたいです。何度か、ドラマのオーディションを受けてみないかと、勧めたことはあったんですが……」

「断ってるんですね」

三俣は苦笑いで、征充の言葉を肯定《こうてい》した。断るのも無理はないし、ドラマに悪印象を持ってしまったのも仕方ないだろう。

だが、それが理由なら、ドラマ嫌いは直らなくても、テレビを好きにさせることはできるかもしれない。征充は今、まさにそうするための企画を考えているのだ。

「また近いうちに、店に顔を出すって言っといてください」

征充は話を切り上げるためにそう言った。そろそろ征充の収録が始まる時間になってきた。一緒に番組を作っているADたちが、急ぎ足で征充の横を会釈《えしゃく》しながら通り過ぎていく。

「お願いします。あいつが目に見えて落ち込んでる姿も新鮮でしたが、続くと気になってしょうがない」

「それじゃ、不景気な面《つら》をしてんじゃねえって言ってやりますよ」

その言葉に二人は笑い合って別れた。三俣はまだ余裕があるらしく、落ち着いた足取りでスタジオに向かっているが、征充は早足だ。収録開始予定時間まで、後五分しかない。遼太郎のことが聞きたくて、つい長話になってしまった。

けれど、三俣に会えてよかった。おかげで決心がついた。新番組の企画書を作ってはいても、それを上に見せるかどうかは迷いがあったのだ。あまりにも冒険的すぎると、企画を却下されるだけでなく、今後の征充の手腕にも疑いを抱かれる恐れがある。そんな危険を冒《おか》してても挑戦すべきかどうか。その迷いがふっきれた。

征充が苫篠と仕切り直しで食事に行ったのは、『SORA』の舞台を見に行ってから、一週間後のことだった。

「新番組ねえ」

苫篠がグラスを傾けながら、相づちを打つ。創作イタリアンのレストランで、二人は奥まった個室にいた。この店はこれまでにも何度も利用しているから、予約を入れた時点で店側もすぐに事情を理解して、個室を用意してくれるのだ。

「人の誘いを断って、真面目に仕事してるのかと思ったら、そんなことを考えてたんだ？」

「断るって、たったの一回だろ。根に持っててんじゃねえよ」

征充は軽く苫篠の頭を叩く。

実は、先週、既に飲みに行こうと苫篠から誘われていたのだが、征充は忙しいと断った。それが苫篠にはかなり意外だったらしい。というのも、これまで苫篠からの誘いはよほどのことがないと断らなかったからだ。ドラマの撮りが入ると苫篠の予定は、自分では決められなくなる。収録予定時間などまともに守られることのほうが少ないことは、ドラマ班のスタッフを見ていればわかる。だから、まだ時間の都合をつけられやすい、征充が合わせることにしていたのだ。

「でもさ、それって、結構、無茶な企画なんじゃないの？」

「まあな。別に企画書を上げろって言われてるわけでもないし、今の番組が終わるわけでもない。それに視聴者がこれを求めてるかっていうと、そんな自信は全くねえよ」

苫篠が相手だから、征充は正直に困難さを認めた。

遼太郎と些細《ささい》な口論をしてから今日まで、征充はずっと新しい番組の企画を考えていた。そして、昨日、ようやく自分なりに満足できる企画が浮かんだのだ。

「お笑い芸人を一人も使わないんでしょう？　ホント、チャレンジャーですね」

「褒め言葉として聞いておくよ」

嘯きながらも、自分でも挑戦的であることは自覚していて、実現が難しいのも承知していた。

今はお笑いブームのまっただ中で、どこの局でも芸人のキャラと話術に頼りきった番組ばかりが目立つようになった。台本もあってないようなもので、成り行き任せの番組作りだ。征充はそれを打ち破りたかった。

だから征充はあえて芸人は使わずに、シチュエーションコントをメインにした番組の企画を考えた。きっちりと作り込んだ、あくまで構成作家が考えた台本に沿った番組だ。

「問題は上のオーケーが出るかどうか？」

「深夜枠でもいいから、ぶんどってみせるさ」

そう言いきったものの、全く目処《めど》は立っていない。ただでさえ、征充は忙しい身だ。この番組を受け持つとなれば、今、かかわっている番組のどれかを降りなければならなくなるだろう。どれも高視聴率だから、上が許してくれるかどうか怪しいものだ。

けれど、どれだけ時間がかかっても、征充は諦めずに説得を続けるつもりでいた。春の番組改編期まではまだまだ時間があるのだ。

「俺が手を貸しましょうか？」

唐突に苫篠が予想外のことを言い出した。

「お前が？　でも、これはドラマじゃなくて、バラエティだぞ」

「台本のあるコントってことは、ミニドラマみたいなもんじゃないの？」

「それは、まあ、そうだけど……」

苫篠に言われるまでもなく、征充はそう考えて、出演者を役者に絞るつもりだった。だが、その予定の中に苫篠の名前はなかった。苫篠とは仕事抜きの友人でいたいと考えていたからだ。

「だったら、俺にもできるんじゃない？」

魅力的な誘いだった。バラエティには出ない苫篠が、しかもコントをするとなれば、話題性は充分だ。上層部の許可を取るのに、これ以上ないキャスティングだ。だが、すんなりとそうですかとは言えない事情がある。

「お前、バラエティは出ないんじゃなかったっけ？」

征充は浮かれないよう、冷静に問いかける。番組出演は所属事務所の方針もあるから、苫篠一人で決められる問題ではない。

「大丈夫ですよ。別にポリシーがあって、バラエティに出ないことにしてるわけじゃないし、基本的にうちの事務所は、俺に仕事を選ばせてくれるから」

「さすが。売れっ子は違うね」

「稼ぎ頭なもんで」

征充の冷やかしを苫篠は冗談で返して受け止める。

「お前が力を貸してくれるって言うなら、もっといろんなことができそうな気がしてきた」

征充の表情に輝きが増す。今の企画では、有名な役者に出てもらうことは考えていなかった。深夜枠では制作費もそうそう出ないだろうから、出演者のギャラを削るしかない。けれど、苫篠クラスが出るとなれば、話は別だ。

「じゃあ、そのいろんな可能性について、場所を変えて話さない？　いくら個室っていっても、やっぱり外じゃ落ち着かない」

苫篠が言うのももっともだ。個室に入ってしまえばプライバシーは守られるものの、それまでは人目に触れてきた。現にこの店に入るときには、若い女性に見つかり、握手とサインを求められ、そのうえ携帯電話で写真まで撮られた。まざまざと苫篠人気を見せつけられたなどと、呑気《のんき》には言っていられない。店内に苫篠がいるとわかっているのだ。外には苫篠ファンが集まっている可能性がある。それを気にしながらでは、とても込みいった話はできない。征充ももっと詳しく番組のことを話したかったから、苫篠の誘いは好都合だった。

「ってことは、お前んちか？」

「そうしてもらえると、俺は助かるけど……」

苦篠は遠慮しているが、そのほうが征充も安心できるから言ったまでのことだ。征充のマンションにすると、苦篠を一人で帰らせることになる。もし、万一、また誰かに見つかったときに、征充が一緒にいれば、マネージャーのふりでファンから守ることができる。

「明日は休みなんだよ。朝まで飲むなら、お前んちのほうが酒の種類が多いだろ」

「了解。朝までお付き合いしましょ」

そう言うと、もうここに用はないとばかりに苦篠は立ち上がり、テーブルに置いていたサングラスをかけた。

この店はほとんど他の客と顔を合わせない構造になっているし、特別に裏口を使わせてくれるように頼んでおいたから、表で待ち伏せされていても大丈夫なのだが、そこから先はタクシーだ。少しの間でも顔がばれないための用心だった。今日は最初から飲むつもりでいたから、苦篠も車を使わなかった。

あらかじめ電話で呼んでいたから、店を出るとすぐ前の通りでタクシーが待っていた。二人はそれぞれの後部座席に並んで乗り込んだ。

苦篠が運転手に場所を指示した後、タクシーが夜の街を走り出す。かなり年配の運転手で、苦篠がサングラスを外しても、全く気付く様子はない。けれど、車内ではとりとめもない話しかしなかった。新番組の企画など話せば、どこから漏れるかわからないのだ。

タクシーは約二十分、走り続け、苫篠が一人で暮らすマンションの前に停まった。征充は先にタクシーを降り、目の前に立ち塞がる高層マンションを見上げた。

「お前んちに来るの、結構、久しぶりだよな」

「俺がインドに行く前からだから、二カ月近いですよ」

精算を終えて降りてきた苫篠が、おおよその答えを出す。思い返してみれば、苫篠と友人関係を築き上げてからというもの、一カ月も会わずにいたことはなかった。ドラマや映画の撮影でどんなに忙しくても、苫篠はマメに連絡をしてきたし、忙しい合間を縫って会う時間も作ったからだ。

「藤崎さんが来てなかったから、酒の減りも遅くて……」

「だったら、その分を今日で取り返してやろう」

征充はニヤリと笑ってみせた。そんなことを話しているうちに、高層階にある苫篠の部屋に着き、ようやく邪魔の入らない二人きりになれた。

「何から飲みます？」

苫篠は征充をリビングのソファに座らせてから、そう尋ねつつバーカウンターに向かった。一人暮らしの部屋だというのに、酒好きが高じて、そんなものまで作ってしまったのだ。普通の部屋ではそこだけ不自然に浮いてしまいそうだが、征充の部屋よりも遥《はる》かに広い、高級家具が並ぶ部屋には見事に調和していて、苫篠にもよく似合っている。

「とりあえず水割り」

「了解」

征充のオーダーを受け、苦篠はバーテンダーのごとく、手慣れた様子で二人分のグラスを用意する。

その酒が来るまでの間、征充はソファに座って待っていた。目の前にはローテーブルがあり、その上には苦篠が主演するドラマの台本があった。原作は未読だが、おおよそのあらすじは知っている。苦篠の役は、両親の敵《かたき》を討とうとする刑事の役だ。

台本の表には第三話と書かれていて、もうそんなところまで収録が進んだのかと驚きながら、征充は手に取った。他局なら問題もあろうが、同じ局内のドラマだから、全くの部外者というわけでもない。中を開くと、苦篠の手書き文字が数カ所に書き込みされている。

「もうこんなに進んでるのか？」

征充はその場から動かず、顔だけを向けて苦篠に問いかける。

「まだ二話の途中って言ってたかな」

「かなって、随分と他人事だな」

意外な答えが返ってきた。ドラマの収録ではシーンが前後することはよくあるが、放送回数まで超えて撮りをすることはそうないはずだ。台本が先まで出来上がっていないせいもある。

「俺の出番は三話からで、まだ合流してないんですよ」

「主役なんだろ？」

「二話までは子供時代の話で、大人の俺は出番ナシ。俺の子供時代をする子は、目元が俺にちょっと似てて、後から出て行くのが焦るくらいに上手いんだ」

苫篠は自分の子供時代を演じる子役をそう評した。苫篠が認めるのだから、相当に上手い少年なのだろう。二話だけとはいえ、苫篠に代わり主役を務めるのだから、かわいいだけでは視聴者を満足させられない。

「この間の舞台さ」

征充はふと思いついて、話題を変えた。

「三俣さんの？」

征充がああと頷いて返したところで、苫篠が二人分のグラスを手に近づいてきて、それらをテーブルに並べた。そして、いつものごとく征充の隣に腰を下ろす。広いリビングにはL字型のソファが配置されているのだが、離れると話がしづらいといつも隣り合わせに座っていた。

「あれに出てた俺の知り合いって奴、覚えてる？」

征充が問いかけたのは遼太郎のことだ。舞台を見た直後は、間違いないとは思うものの、本人だとはっきりと確認していなかったから、聞けずにいたことがある。

「なんとなくはね。それが？」

苫篠は記憶を辿るように目を細めつつ問い返してきた。主要な役ではなかったから、記憶力のいい苫篠が正確に覚えていなくても仕方ない。

「あいつの芝居、同業者の目で見てどう？」

他人事なのに妙な緊張感を持って、征充は窺うような視線を苫篠に向ける。

「どうって言われても、そんなに注目してたわけじゃないし……」

「記憶に残らない程度ってことか」

「下手ではないんじゃないかな。下手だと嫌でも頭に残る」

「なるほどね」

苫篠の説明はわかりやすかった。確かにあの舞台は、そういう意味で目立つ役者はいなかった。

三俣は座長として、劇団員をきちんと指導しているようだ。

「役者をしてることも知らなかったくらいの知り合いなのに、気になるんだ？」

もっともな指摘に征充は苦笑いを浮かべる。

「行きつけの居酒屋で働いてるってことは言ったっけ？」

苫篠にわかってもらうため、まずは出会いから話すことに決めた。征充の問いかけに苫篠はあと頷く。

「そんな話をしてましたね」

「あいつがバイトを掛け持ちしてるのは知ってたんだけど、その理由までは聞かなかったんだよ」

遼太郎が隠そうとして黙っていたのではないことは、舞台後、すぐに話をしてわかっている。聞かれなかったから言わなかっただけなのだ。控えめな性格だから、自分から積極的に話す男ではなかった。

「なんていうのかな、そこが俺の今のオアシスなんだよ。美味い料理があって、大将も女将さんもあいつも聞き上手でさ、俺ばっか喋ってる。客もオヤジばかりで落ち着けるんだ」

「そんな店があるなんて、知らなかったな」

「小さな店だし、隠れられるような個室なんてないからさ。お前も落ち着けないだろ？」

呟いた苫篠の声にどこか寂しそうな響きを感じて、征充は慌ててフォローする。

「でも、客がオヤジばかりなら、眼鏡《めがね》をかけるだけでも、俺だとばれないんじゃないかな。俺、年配の人にはあんまり知名度ないよ？」

食い下がる苫篠が、征充には意外だった。たかが店を一軒、教えなかっただけだ。もしかしたら、苫篠も気に入ったかもしれないが、知らなくても他に行きつけはいくつもあるのだ。それでも正論で問い返されると、やはり悪いのは教えなかった征充だろう。

「悪かったよ」

征充は頭を掻きながら詫びた。

「俺だけの店にしときたくてさ、黙ってた」

「特別ってわけだ」

「まあ、うん、そうかな」

「それは、あの若い役者がいるから？」

苫篠の質問は核心を突いていた。大将の料理だけなら、きっとここまで通い詰めたりはしなかった。話を聞いただけだというのに、征充との付き合いが長いからか、苫篠には見通されていた。

遼太郎がいるから、忙しい合間を縫《ぬ》ってでも週に二回は通う常連になり、そして、遼太郎のおかげで新しいことに挑戦しようという気にもなれた。

「実はさ」

そう口火を切ったものの、征充はまず苫篠が入れてくれた水割りを口に運ぶ。もったいつけるつもりはなく、ただ気恥ずかしさを隠すためだ。

「あいつがこの企画を考えるきっかけなんだよ」

「さっき言ってた新番組？」

驚きを隠さずに問い返す苫篠に、征充はああと頷く。

「あいつがテレビは嘘くさくて嫌いだとか言うから、俺もムキになって言い返して、ちょっとした口喧嘩《げんか》みたくなったんだよ」

あの日のことを思い返すと、今はもう恥ずかしさしかない。若い頃はよく上とも下ともぶつかって、スタジオで口喧嘩をすることも珍しくなかったが、ディレクターになってからは平常心を保つようにしていた。さすがにたくさんの人間を纏《まと》める立場では、率先して喧嘩をしてはいられない。

「喧嘩をしたのに、彼には怒ってないみたいだけど？」

「そんときは自分の仕事を馬鹿にされてる気がして、カッとなったけど、考えてみれば、好き嫌いはあって当然なんだよ。あいつだって、全くテレビを見もしないで言ってるわけじゃない。俺たちが好きになってもらえない番組しか作ってないってことだ」

思わず熱く語ってしまうのは、やはり根がテレビ屋だからだろう。今の状況に不満があっても、根っこではテレビを愛している。だから、一人でも多くの人に見てもらいたいと思うのだ。

「だから、彼のためにそういう番組を作りたいってこと？」

「遼太郎のためっていうか……」

なんと答えるのが適当なのか、征充は頭を捻《ひね》る。新しい番組を作りたいというきっかけにはなったが、その企画を考えたことは自分自身のためだ。

「まあ、でも、好きになってくれればいいかなって思ってる。俺の番組に限らずさ、テレビってもっと面白いもんだろ？」

「出ている立場としては、そうあってほしいと思いますけどね」

「自信持てよ。この間のあれ、友人の贔屓目《ひいきめ》を抜きに面白かった」

征充は夏に放送されたスペシャルドラマを思い出して褒めた。苫篠はありがとうと言う代わりに、微かに笑った。

「多分、あいつはそのドラマも見てない。つまらないという先入観でな。見れば、絶対に興味を持つと思うんだよ。役者なら」

遼太郎が芝居にどれだけ本気になっているのかは、正社員にはならず、アルバイトを掛け持ちしていることでわかる。役者で食べていけなくても、役者であることをやめられないのだ。確かにテレビと舞台は違うが、本物の役者はそのどちらに出ていようが、見ればわかる。苫篠もそんな本物の役者の一人だと、征充は確信していた。

同世代の役者が活躍している姿は、刺激にもなり、触発《しょくはつ》されたりもするだろう。役者は常にいろんなものを見たり聞いたりするべきだ。上手くなりたいと願っているはずの遼太郎は、自らそのチャンスを減らしている。

刺激を受けなければならないのは、征充も同じ。征充はその刺激を遼太郎から受けた。遼太郎を見ていると、自分の若い頃を思い出したのだ。がむしゃらだったあの頃のように、もう一度、仕事に取り組んでみたいと思わせてくれた。

「なるほどね。そういうことがあったわけだ……」

苦篠は妙に真剣な顔で、聞かせるつもりのないような小さな声で呟いた。

「別にたいしたことじゃないだろ。わざわざお前に話すようなさ」

「たいしたことですよ。俺にとっては」

征充と苦篠との間に温度差が生じる。征充の軽い口調とは対照的に、苦篠の声にも表情にも暗い影が宿っていた。

「俺が店を内緒にしてたこと、まだ怒ってんのか？」

「店だけなら、よかったんだけどね」

苦篠の返事は、征充の質問の答えにはなっていない。さっきからのおかしな態度の理由が征充にはまだわからなかった。

「俺じゃ、藤崎さんのやる気を起こさせられなかったんだなって」

全く予期していなかった言葉が、苦篠の口から飛び出してくる。しかもその表情はどこか寂しそうで、長い付き合いでも初めて見る顔だった。

「いや、もちろん、お前からもいろんな刺激は受けてるよ。お前が頑張ってるのを見てると、俺も負けてらんないなって思うしな」

「でも、自分の立場を危うくするかもしれない新企画を作ろうとは思わなかった……」

「上ばかり見てたからな」

征充は苦笑いを浮かべて言った。

「お前がどんどん活躍の場を広げて、役者として成長していく姿を見せられてたら、俺もって思うだろ？　早く誰からも認められる一人前のディレクターになりたくて、後ろへ下がる可能性のあることには、手を出そうとも思わなかった」

知り合った頃の苫篠は、今のように主役を取るほどではなかったが、注目の若手だったし、知名度もあった。そして、見る見る売れっ子になっていったのだ。そんな苫篠を見て、焦ることはあっても、昔を思い出すことはなかった。

「俺はできれば、一生、現場にいて、体力の続く限り、番組を作り続けていきたい。テレビ局でただ上だけを見ていたら、いずれは現場を離れなきゃならなくなる」

「だから、もう上は目指さなくていいから、やりたいことをやろうと思ったんだ？」

確認を求めるような問いかけに、征充はそうだと頷いた。

やっと苫篠が納得してくれたか。反論の言葉がないことで、征充はそう思ったのだが、それにしては反応がなさすぎる。チラリと横目で窺うと、苫篠は組んだ足の上に肘をつき、手の甲に顎を乗せて何かを考え込んでいる。

今日の苦篠はどこか変だ。いや、待ち合わせ場所で会ったときはいつもの苦篠だった。食事をしているときも、変わった様子はなかったはずだ。何がきっかけで変わったのか。思い返してみても、きっかけになるようなことは見つからない。

長く感じた沈黙は、やがて苦篠が顔を上げたことで破られる。

「それで、俺が新番組に出演するって話だけど……」

ようやく場所を移動することになった本題が切り出された。

「お前が手伝ってくれるんなら、もっとこの企画は膨《ふく》らむ。予算がぶんどれるだけじゃなくて、苦篠篤が出るならって、他の役者も出演しようという気になってくれるかもしれないからな」

まだ提出すらしていない企画なのに、征充の夢は膨らむ。番組作りでこれだけ興奮するのは久しぶりだ。

「お前をどう料理しようか、今から楽しみだ。事務所からクレームが来そうなこととか、させてみたいよな」

征充が興奮気味に話す隣で、苦篠が妙に冷静な視線を向けてくる。

「もしかして、あんまり乗り気じゃない？」

「企画は面白そうだと思ってますよ。でも、事務所の説得とか、面倒なこともあるわけだから、何か見返りが欲しいなって」

「飯を奢《おご》る……って程度のことじゃなさそうだな」

苦篠の真剣な瞳が、征充に何か別のことを訴えかけている。

相手が苫篠でなければ、東洋テレビ制作部ディレクターの肩書を持つ征充に求められるものは、すぐにわかる。番組への出演だ。だが、苫篠なら征充の力などなくとも、好きな仕事を得られるだろう。今の苫篠なら、どんな仕事をしたいか言えば、制作サイドがその企画を持ち込むとまで言われているのだ。現にインドでの長期ロケを必要とした映画も、苫篠が言い出したことがきっかけで制作が始まったらしい。

「藤崎さんにしかできないことですよ」

苫篠が藤崎の手からグラスを取り上げ、テーブルに戻す。酒抜きでの話とは、どれだけ大変なことを言い出されるのだろう。征充は身構えて、続く言葉を待った。けれど、苫篠は口を開かず、代わりに態度で示した。

両肩を摑《つか》まれたかと思うと、そのままの勢いで征充はソファへと押し倒される。

「おい、苫篠……」

この行動の意味がわからず、征充はきょとんとして覆い被《かぶ》さる苫篠に呼びかけるしかできない。革張りのソファは寝心地がよく、仰向《あおむ》けに倒されても痛くはなかったのだが、腰に跨《また》がられて身動きが取れないことからは逃れたかった。

「まだわかんないかな。見返りの意味」

苫篠が至近距離で征充を見下ろし、言い聞かせるようにゆっくりと言葉を紡ぐ。そして、その表情は今までドラマでしか見たことのない、男の顔だ。

「意味ってなんだよ。はっきり言え」

思わせぶりに匂わされるのは落ち着かない。征充は強い口調で苫篠を促した。どんな見返りであれ、同意も得ず、この体勢にさせられたことへの不快感が声に出てしまう。

「俺とちゃんと付き合ってほしいんですよ。友人としてじゃなくて、恋人として」

苫篠が何か大事なことを言っているのはわかる。けれど、あまりにも予想外な言葉だっただけに、なかなか頭には入ってこない。征充は眉間《みけん》に皺《しわ》を寄せ、なんとか冷静にその意味を理解しようと懸命に頭を働かせる。

「俺がゲイなの、知らなかった？」

征充の反応で説明不足だと思ったのだろう。苫篠はさらに衝撃的な言葉を付け加えた。冗談だと笑い飛ばせない空気が、苫篠の全身に漂《ただよ》っている。

「……初耳だ」

征充はどうにかそれだけ絞り出すのが精一杯だった。ゲイだとわかれば、この体勢の意味も違ってくる。だが、すぐに跳ね飛ばそうとはしなかった。苫篠だからこそ、他に何か意味があるのではないかと思うのだ。

「言ってませんからね」

「じゃあ、本当なんだな？」

「そんな嘘、吐く必要ないと思うけど？」

苫篠はどこか斜《しゃ》に構えた言い方で、ゲイであることを認めた。

芸能人、特に苫篠のような人気者は、常にスキャンダルを追い求められる。それなのに苫篠に

は女性との噂が、これまでに一度も出ていない。征充は仕事人間で、他人の恋愛に興味がないから、恋人がいるのかさえ、尋ね合ったことがなく、気にもしなかった。ただ、思い返してみれば、女性の話題になったとき、苫篠はいつもよりは無口だったような気がする。

「お前がゲイだってことはわかった。それで、さっきの俺と付き合いたいっていうのも本気で言ってんのか？」

「出会ってすぐの頃から、好きだったんですよ。俺なりにアピールしてたつもりですけどね」

「気付かなかった……」

呆然《ぼうぜん》として呟く征充に、苫篠は寂しそうに笑って返す。

「はっきりと気付かせるつもりはなかったから、当然でしょ」

「どうして？」

「ノンケの藤崎さんが、男の俺を好きになってくれる可能性はないし、妙な気を遣われて、付き合いが疎遠になるのも嫌だった。けど、せめて友情以上の好意は持っていてほしかったんですよ。友達の中では一番でありたかったってこと」

苫篠の言葉が過去の行動に答えを与える。苫篠は当然のように征充を送り迎えしていたが、他のどんな友人にもそこまではしない。その車も征充が世間話の中で、軽く好きだと言った車種を選んでいる。映画がドラマの撮影で忙しくても、定期的に連絡を入れてくるし、この間のインドロケの間も、海外からメールを寄越《よこ》していた。

苫篠がゲイだとわかっていれば、友情以上のものだと気付けただろう。だが、征充は全く考えもしなかったから、想像できなかった。苫篠から寄せられる好意を、単純に友情からだと思いこみ、甘えていた。自分の鈍感さに呆れるしかない。

「やっぱり、俺と付き合うなんて、想像できない？」

訴えかける苫篠の瞳の中には、初めて見る不安の色があった。言うつもりのなかったことを言い出さなければならなくなった展開に、苫篠自身が戸惑っているようにも見えた。

「想像させるために、この行動か？」

征充は苫篠の質問に答える前に、冷たく聞こえないよう気をつけながらも冷静な口調で問いかけた。告白を聞いているのに、呑気に押し倒されている場合ではないのだが、苫篠が力ずくでことに及ぶような人間だとは思いたくなかった。たとえ男に欲情するゲイでも、征充に惚《ほ》れていてもだ。

「まさか。だったら、もっと早くやってますよ」

苫篠は力なく笑って首を横に振る。

「あの若い役者……、名前、なんだっけ？」

「遼太郎のことか？　幸塚遼太郎」

どうして急に遼太郎のことなど言い出すのか。他に思い当たる人間がいないのに、征充は不思議で問い返さずにはいられなかった。

「その幸塚くんが現れて、焦ったんですよ」

「お前が焦るような相手じゃないだろ。よく覚えてないって言ってたばかりじゃないか」

征充は呆れてハッと笑ってしまう。遼太郎の役者としての力量は未知数だが、知名度、人気共に天と地ほども違うのだ。

「藤崎さんって、ときどきすごく天然だよね」

「ああ？　何言ってんだ？」

「俺が言ってるのは、役者としてじゃなくて、恋のライバルとしての焦り」

「遼太郎がライバルって……」

恋心を打ち明けられたときよりも、今のほうが遥かに驚かされた。この場にいない遼太郎も、そんなことで名前を出されたと知れば、征充以上に驚くだろう。

「俺の知らないところで知り合って、急速に親密になって、おまけに彼に触発されて、新しい番組を作ろうとしたんでしょう？　焦るなって言うほうが無理だよ」

自嘲《じちょう》気味に呟く姿に、嘘は見受けられなかった。苫篠は本気で遼太郎の出現に動揺《どうよう》し、そして、嫉妬《しっと》しているようだ。

「遼太郎とは別にそんな関係じゃないし、考えたこともないっての」

征充は馬鹿らしいと笑ってから、ありえないと否定した。三十歳になるこの年まで、女性としか恋愛をしてきたことはない。今更、性癖が変わるとは到底、思えなかった。

「だから、ほら、もうどけよ」

いつまでも上に乗っかられていては、落ち着いて話もできない。征充は軽く苫篠の肩を押したが、苫篠は動こうとはしなかった。

「ホントにそうかな」

苫篠にどんな根拠があるのか。征充の言い分に疑わしげな視線で答えた。

「自分では気付いてないかもしれないけど、藤崎さんが誰かにそんな態度を取るのは初めてなんですよ」

「そんな態度って、企画のことか？」

征充の問いかけに、苫篠は寂しげに微笑み首を横に振った。

「『東京上陸《とうきょうじょうりく》』の二人が、最近、付き合いが悪いって嘆《なげ》いてました。それって、彼のいる店に一人で通ってたからですよね？」

苫篠の指摘が図星だったため、征充は咄嗟に言葉に詰まった。『東京上陸』は大阪《おおさか》出身のお笑いコンビだ。今は冠番組を持つほどの売れっ子芸人だが、苫篠同様、知り合った頃はまだ東京に出てきたばかりで、ほとんど無名だった。芸能人では苫篠よりも付き合いの長い友人だが、『花吹雪』に通うようになってから、一度も飲みに行っていないことに気付かされる。

「人付き合いのいい藤崎さんが、誰も誘わず、他の誘いも断って、彼のいる店に通い詰めてる。どう考えたって、普通じゃないでしょう」

「……考えすぎだ」

勢いよく突っぱねようとしたのに、一瞬、間が空いてしまった。遼太郎への態度が他の人間に対するものとは違う理由を問い詰められても、恋愛感情からだとはどうしても思えない。けれど、苫篠の言うことは事実だ。誰も誘わずに一人で『花吹雪』に通い詰めているのは、遼太郎がいるからだ。大将の料理が美味いだけなら、他人に紹介もしただろう。苦篠が望むのなら、軽く変装をさせて連れて行けばいいだけだ。そうしなかったのは、閉店後に遼太郎と過ごす時間を誰にも邪魔されたくなかったからだ。

どうして遼太郎と二人だけでいたかったのか。それを説明する言葉は見つからなかった。征充の沈黙が、苦篠に火をつけた。

「やっぱり思い当たるところがあるんだ」

「いや、それは……」

何とか言い訳を口にしようとした征充は、歪《ゆが》んだ苦篠の顔が近づいてくるのに気付き、言葉を詰まらせる。

ずっと押し倒されたままでの不自然な体勢で会話をしていたが、さっきまではまだ上半身は動かすことができた。けれど、今は苦篠がしっかりと征充の肩をソファへと縫いつけ、腰から下は密着した体が押さえ込んでいる。日頃、役者としてストイックに体を鍛えている苦篠と、仕事に追われ、運動など一切していない征充とでは、体格も体力も違いすぎる。征充には苦篠をはねのけることはできなかった。

苦篠が何を求めて顔を近づけてくるのか。その唇が目指す先で容易に想像できた。

ゲイでなくても、男とのキスの経験は、不本意ながら何度もある。酒が入るとキス魔になる人間は意外に多く、また打ち上げなどその場のノリでキスをされることは多々あった。それらほとんど覚えていないようなキスの相手よりも、苦篠は男として尊敬できるところもあるし、外見も誰が見てもいい男だ。それでも、グッと押しつけられた唇に鳥肌が立った。

酒の席での冗談ならいい。けれど、本気では男とキスはできない。しかも苫篠はキスだけでなく、征充のシャツのボタンまで外そうとしている。

征充は懸命に頭を働かせ、苫篠から逃れる手段を探す。そして、見つけた唯一の隙をめがけて、膝を振り上げた。

「ぐっ……」

苫篠はくぐもった声を上げ、蹴《け》られた股間《こかん》を押さえ、ソファの下へと崩《くず》れ落ちる。

ようやく人の重みから解放された征充は、すぐさま体を起こした。これでもう苫篠が襲いかかってくることはないと思うが、警戒心を解くわけにはいかない。そんな態度を見せれば、苫篠が許されたと思うかもしれないからだ。

よほど衝撃が大きかったのか、苫篠はまだ起き上がってこない。前屈《かが》みになってうずくまる姿は、とてもファンには見せられない。そんなふうに思えるだけ、征充は落ち着きを取り戻した。

「冷静になれよ」

征充は苫篠の背中を見下ろしながら、諭すように言った。

苫篠が本気で征充を犯そうと考えていたとは思えない。征充への想いを隠していたとはいえ、それ以外では文句のつけようのない男だったのだ。他の部分まで嘘だとは思いたくなかった。

「俺がお前の出演と引き換えに寝るような男だと思ってんのか？」

「まさか……」

征充の問いかけに、苦篠が弾《はじ》かれたように顔を上げた。驚きと後悔が入り交じった表情で、苦篠は征充を見つめる。

「よかった。そう思われてなくて」

征充はフッと口元を緩める。苦篠がそんなことを思っていないのはわかっていた。けれど、そんなふうに確認を求めることで、征充なりに苦篠を冷静にさせるつもりだった。

「何やってんだろ、俺」

呆然としたように呟く苦篠からは、普段の余裕や落ち着きはなかった。いつもは三つも年下だとは思えないのだが、今日ばかりは年下の若さを感じる。

「全くだ。とち狂いやがって」

「ごめん」

苦篠はすっかり項垂《うなだ》れて頭を下げる。反省も後悔もしているのが、ありありとわかった。けれど、それだけでは駄目だ。

征充はすっくと立ち上がり、うずくまる苦篠を見下ろす。

「お前の気持ちには応えられない」

傷つけてしまうことは承知で現実を突きつける。その気もないのに期待させるほうが残酷だ。それに苦篠ならきっと立ち直れるはずだと信じていた。だから、征充は苦篠から目を逸《そ》らさなかった。

「けど、友人としてこれからも俺と付き合いを続けていくつもりがあるなら、今日のことはすっぱり忘れろ」

「藤崎さん……」

苫篠の瞳に微かな驚きが見えた。

酷《こく》な要求であることは、自分でもよくわかっていた。自分を振った男と、友人関係を続けろと言っているのだ。けれど、友人でありつつ、仕事仲間でもあるから、この先もスタジオで顔を合わせる可能性は大きい。その度に気まずい思いをしなければならなくなるより、今を乗り越えてほしかった。

自分自身の行動に戸惑っている苫篠には、一人で考える時間が必要だろう。征充は返事を急がず、黙って苫篠の部屋から立ち去った。さすがに今日は見送りはなかった。

マンションの外に出てから腕時計で時刻を確認すると、いつの間にか、もう日付が変わっていた。冷静になれと苫篠に諭しておきながら、征充もまだ完全に落ち着いているわけではなかった。予想外の苫篠の告白により、同性を好きになる可能性を考えさせられたせいだ。

このまままっすぐ自宅に帰っても、なかなか寝付けないだろう。アルコールによる酔いも、すっかり醒めてしまった。

こんなとき、いつもなら『花吹雪』に行くところだ。仕事で嫌なことがあったり、行き詰まることがあったりしても、遼太郎に話を聞いてもらうだけですっきりとし、気持ちが楽になれた。

知らず知らず溜息が零れる。もう二週間、遼太郎の顔を見ていない。

近々、顔を出すと三俣に伝言を頼んでいるし、そろそろ喧嘩の後の気まずさも薄まっているだろう。新しい企画を考えたことも言いたいし、苦篠におかしなことを言われたから、遼太郎に会うことで確認もしてみたい。

征充はいくつも言い訳を考えながら、近づいてきたタクシーを呼び止めた。

「六本木まで。できるだけ急いでください」

後部座席に乗り込んでから、行き先を指定して、背もたれに深く体を預けた。『花吹雪』は午前三時までの営業となっているが、客がいなければ早じまいすることが多い。もう○時を過ぎているから、一秒でも早く着きたかった。

二十分後、車は六本木へと到着したが、店の前は車が入れない狭い路地だ。大通りでタクシーを降り、そこからは人目も憚《はばか》らずに走った。酔いはすっかり醒めていて、足下が危うくなることはなかったが、気持ちに体力がついていかない。店の明かりが見える頃には、既に息切れをし始めていた。

まだ閉店はしていない。征充がほっとして速度を緩めたのと、半被姿の遼太郎が表に出てくるのは、ほとんど同時だった。どうやら店じまいのために、表の看板を片づけるところのようだ。見つめる征充の視線に気付いたのか、それとも近づいていく足音か、遼太郎は征充がそばに立つ直前に振り返った。

「藤崎さん……」

遼太郎は驚いた顔でそれっきり言葉を詰まらせる。もしかしたら、昨日の今日でまだ三俣から何も聞かされていないのかもしれない。

「久しぶり。もう終わり？」

以前と変わらない態度で接しようと、征充はことさら明るい声で問いかける。

「今日はお客さんが少なくて、早じまいしました。大将はもう帰ったんで、何もできませんけど、よかったら……」

遠慮がちな遼太郎の誘いは、征充にとっては好都合だった。まだ営業しているのなら、しばらくは人目を気にして当たり障《さわ》りのない会話しかできないが、その必要がなくなった。

「じゃ、お邪魔しようかな。走ってきたから喉が渇いちゃってさ」

「走ったんですか？」

「この時間だと、もう閉まってるかもしれないだろ？」

久しぶりに言葉を交わしながら、二人は店内へと足を踏み入れる。

「それじゃ、次から遅くなりそうなときは電話してください。そうしたら、店を開けて待ってますから」

「いいのか？」

申し訳ない思いで問い返しつつ、征充は特別だとでもいうような遼太郎の言葉に喜びを隠しきれず、顔がにやけてしまう。幸い、遼太郎は前を歩いているから、表情を見抜かれることはなかった。

「お茶しか出せませんけど」

遼太郎はその言葉どおり、カウンターの中に入ってから、喉が渇いたと言った征充に冷たい茶を出してくれた。

「悪いな」

そう言いながらも征充は受け取ったグラスの中身を、一気に呷《あお》った。秋も深まって深夜はすっかり寒くなったのに、走ったせいで茶の冷たさが心地よかった。そして、征充がそのグラスをカウンターに戻すのとほぼ同時に、今度は湯飲みに入った熱い茶が置かれた。

「ホント、客じゃないのに悪いね」

客として来たときと同じようにもてなされ、さすがに征充も恐縮《きょうしゅく》する。けれど、遼太郎はいえと言って微笑むと、

「たいしたことしてませんよ。それに、藤崎さんが来てくれると店が明るくなるって、大将も喜んでますから」

「大将もってことは、遼太郎は？」

遼太郎の言葉尻を捕まえ、軽く問いかけた征充に対して、遼太郎は呆気に取られたように動きを止めた。まさかそんなふうに問われるとは思っていなかったようだ。

征充の脳裏にさっきの苫篠とのやりとりが蘇る。遼太郎にだけは誰にもしないことをしていると、態度が違うと言われて、これまでは気にしていなかったのに、妙に自分の言葉や態度が思わせぶりに感じてきた。まるで遼太郎の気持ちを確かめているかのようだ。

遼太郎が冗談でもいいから気軽に答えてくれていれば、征充もこんなに意識せずに済んだ。征充はこの微妙な沈黙に耐えきれず、急いで言葉を探す。

「いやさ、まだ営業時間中なら、一応は客だしさ、大将もそう言ってくれるかもしれないけど、今みたいなのは、店の売り上げにもならないし、遼太郎の手間を増やしてるだけじゃないか？」

「手間だなんて思ってないです」

質問を変えるとそれなら答えられるとばかりに、遼太郎が口を開く。

「むしろ、藤崎さんに迷惑なんじゃないかって思うくらいです」

「なんで？」

何を理由にそんなふうに考えられるのか、征充には全く想像できない。不思議な顔で問い返すと、遼太郎ははにかんだように笑う。

「俺、藤崎さんみたいに話題豊富じゃないし、相づちしか打ててないから、俺の片づけに付き合ってもらってるだけみたいで……」

「それがいいんだよ」

征充は遼太郎の言葉を遮り、力強く断言した。

「それならよかった。藤崎さんと話するのは楽しいから、俺しかいないときでも来てもらえると嬉しいです」

にっこりと微笑んでの台詞に、征充は自分でも予想外に胸が高鳴るのを感じた。これでは苫篠が誤解するのも無理はない。

いや、はたして誤解なのだろうか。征充は湯飲みを口元に運び、茶を飲むことで表情を隠しつつ、遼太郎の顔を盗み見る。征充をこんなに動揺させておきながら、遼太郎はいつもと変わりなく、淡々と店の後片づけをしている。ときおりカウンターから出てきてはテーブルを拭《ふ》いたり、椅子をその上に乗せたりと忙しそうだ。

「近くで飲んでたんですか？」

珍しく遼太郎から質問してきた。店に来るのが遅くても、これまでにも仕事のせいということは何度もあった。自分では酔っているつもりはないから、どうしてわかったのだろう。征充はその疑問を遼太郎にぶつける。

「飲んでたっていっても、少しだぞ。なんでわかるんだ？」

「藤崎さんは色が白いから、お酒が入ると肌が赤くなるんです。気付いてませんでした？」

「そうか？　顔には出ないはずだけどな……」

征充はどこかに鏡がなかったかと、店内を見回す。アルコールには多少の自信がある。ある程度なら飲んでも酔わないし、誰からもそんな指摘をされたことはなかった。

「顔は変わってないだろ？」

結局、鏡は見当たらず、征充は遼太郎に尋ねる。

「顔じゃないです。襟元《えりもと》とか……」

遼太郎はそう答えかけて、その場所を指さそうとしたのだろう、洗い物をしている手元から顔を上げて征充を見た。そして、すぐに言葉を詰まらせる。

「どうした？」

「シャツのボタンが取れてますけど、どうしたんですか？」

逆に問い返され、征充は首を曲げて胸元を見た。薄いブルーのシャツは、朝、身につけたときから、ボタンの上二つを外していた。だが、外した覚えのない三つ目のボタンはそこになく、胸元が赤みを帯びていることを指摘されるほど、大きく開いていた。

「あんときか……」

征充はすぐに理由に思い当たり、顔を顰めた。この店に来て、遼太郎と話すことで、すっかり忘れていたのだが、苫篠に押し倒されたのはほんの一時間前のことだ。おそらく、あのとき揉み合っているうちに弾け飛んだのだろう。

「結構、開いてるな」

独り言を呟きながら、遼太郎にどう言い訳するかを征充は考える。わざと外していたというには胸元が深く開きすぎていて、屈まなくても胸が見えそうなほどだ。

「何かあったんですか？」

征充が質問に答えていないことを遼太郎は見逃さず、さらに追及してくる。話が上手くないと言いながらも、相手の空気を読んで的確な相づちを打つ遼太郎にしては、珍しいことだ。いつもなら話したくないという空気を少しでも出せば、遼太郎は敏感に感じ取り、その質問を避けていた。

「たいしたことじゃない」

征充は笑って答えることで、いつも以上にその話はしたくないという雰囲気を漂わせたつもりだった。けれど、今日の遼太郎は負けなかった。

「でも、ボタンって、そんなに簡単には取れないですよ？」

「そうか？」

「そうです」

遼太郎の手はすっかり止まっていた。そして、カウンター越しでは埒《らち》があかないと思ったのか、それとも近くに寄って嘘を吐かれないようにするつもりなのか、遼太郎はカウンターの中から出てきて、征充のそばに立った。

転んだとでもどこかに引っかけてしまったとでも、適当な言い訳は思いつく。馬鹿正直に答える必要も義務もない。それなのに征充の口は事実を告げる。

「ちょっと押し倒されただけだ」

征充はあえて笑みさえ浮かべて言ってみた。隠すのが面倒だったからではなく、遼太郎がどんな反応を示すのか見たいと思った。

正直なところ、苫篠の言うように遼太郎を恋愛対象として捉えているのかどうなのか、それとも違うのか、自分でも判断できないでいた。これまで男に惚れたことはないし、同性に欲情したこともちろんない。それなのに、遼太郎が征充のことをどう思っているのか知りたかった。

「押し倒されたって、その……」

遼太郎は呆然として、征充の言葉を繰り返す。そうすることで意味を理解しようとしているらしいが、上手くいかないようだ。

「まあ、なんだ、俺は男にもモテるってことだよ」

征充がさらに煽るように告げた言葉に、遼太郎は見事なほどのリアクションを見せた。口をぽかんと開け、啞然《あぜん》とした様子で言葉を失っている。

「どういうことかわかった？」

「……男の人に襲われたってことですか？」

遼太郎は信じられないようで、まだ確認を求めてくる。

「正解」

征充は茶化《ちゃか》して手を叩く。

「どこでそんな……」

「道端でってわけじゃないから、安心しろ」

「もしかして、知ってる人ですか？」

征充の反応からか、それとも勘がいいのか、遼太郎は核心を突いた質問をぶつけてくる。

「まあ、そうだけど……」

さすがに相手が苦篠だとは言えず、征充は曖昧《あいまい》に言葉を濁す。

「なんでそんなことに？」

「なんでだろうな」

まさかここまでしつこく追及されるとは思わなかった。予想外の反応だ。遼太郎が少しは征充に特別な感情を抱いてくれているということなのだろうか。遼太郎の顔から窺うことはできないかと見つめると、これまでに見たことのない表情をしていた。おそらく怒っているのではないか。

そんな険しさが感じられた。

「酒の勢いっていうか、成り行きっていうか、そんなところじゃねえの？」

征充はわざと他人事のように言った。原因は苫篠が遼太郎への嫉妬に駆《か》られたせいだが、それを遼太郎本人に言うわけにはいかない。遼太郎には全く関係のないことなのだ。

「どうして、そんなに落ち着いてるんですか」

「だって、未遂だったわけだし、実害はボタン一個だしさ」

「そうじゃないでしょう」

遼太郎がはっきりと怒りを示した。

「今回は未遂でも、身近にそういう人がいるんですよ？」

遼太郎の口調はさっきまでは心配そうだったのに、今は征充を責めるような響きが含まれているのを、征充は感じ取った。

「なんで、俺が怒られなきゃならないんだよ」

征充はふてくされて遼太郎を睨みつける。自分が言い出したこととといえ、久しぶりの遼太郎との穏やかな時間を奪われたことが腹立たしい。

「この業界にいれば、前にも迫られたこととかあったんじゃないですか？」

「それはまあ……」

遼太郎の疑わしげな視線に、征充はつい目を逸らしてしまった。芸能人や業界関係者にはゲイが多い。これまでに露骨な誘われ方をしたことも一度や二度ではなかった。酒の席で体を撫《な》で回されたこともあったが、それでも力ずくでという状況にまでは陥ったことはない。業界に不慣れな遼太郎に教えられるまでもなく、その辺りはちゃんと上手く立ち回っているつもりだ。

「やっぱり」

ふうという大きな溜息の音が頭上から聞こえてきた。遼太郎に視線を戻すと、明らかに呆れた顔をしているのが見えた。

「藤崎さんはもっと自覚を持ったほうがいいと思います」

「自覚ってなんだよ。そうそう男に襲われたりするか」

「でもゼロじゃない」

遼太郎にしては珍しくきつい口調で征充を遮った。

「そして、いつもいつも無事に逃げられるわけじゃないんです」

「俺をどれだけひ弱だと思ってんだ。こんなナリでも、抵抗する力くらいあるっての」

「そうじゃなくて……」

征充の反論に対して、遼太郎はなんと言えばいいのか、言葉を探すように視線を彷徨《さまよ》わせている。征充はその答えを待って遼太郎を見つめる。

沈黙はおそらく数秒でしかなかったはずだ。遼太郎は数秒後、無言のままでいきなり征充の腕を摑み上げた。

「何の真似だよ」

唐突《とうとつ》な行動の意味がわからず、征充は遼太郎の手を振り解こうとするが、思いの外、その力は強く、腕は持ち上げられたままだ。

「ほら、俺の手ですら振り解けない」

「今のは油断でもなんでもないだろ。お前相手に危機感を持つ必要はないんだ」

遼太郎が苦篠のような関係を求めているはずがないから、腕を摑まれ動きを封じられていても、征充に焦りはない。だから、この状態のままで話を続ける。

「確かに、俺は腕力に自信がないけど、逃げる手段はいくらでもある。さっきだって股間を蹴り上げて撃退してきたんだよ」

「そうだったんですか？」

「あれが一番効果的で手っ取り早い」

征充は余裕を見せるため、ニヤリと笑う。

「他にも試したことがあるみたいな言い方ですね」

「経験はなくても、知識として知ってる。それじゃ、不満か？」

「いえ……」

見上げて問いかける征充に、遼太郎は首を横に振る。その間もまだ手は繫《つな》がったままだ。

この店に通い始めて二カ月近くになるが、遼太郎の体温を感じるのは初めてだ。初日に酔い潰れたときには、遼太郎が征充を負ぶって二階まで運んでくれたらしいが、そのときの記憶はない。

テレビ業界にいると、握手をする機会は、おそらく一般的なサラリーマンよりも多いだろう。だから、他人の手の感触にも慣れているのに、遼太郎の手はこれまでに触れたどの手とも違う気がする。腕を摑んでいる力は初めのときよりも緩まっていて、振り解くことは簡単だ。けれど、どうして他の手とは違うと感じるのか、それが知りたくて征充はそのままにしておいた。

二人きりの店内に、さっきまでは険悪な雰囲気が漂っていた。征充が襲われかけたという事実に、何故だか遼太郎が怒り、征充は怒られる理由はないと腹を立てていたせいだ。だが、その怒りはこうして話しているうちに収まってくる。

「もうさ、この話はやめないか？　久しぶりに来たんだ。もっと楽しい話がいい」

「そうですね」

遼太郎も今度は素直に引き下がり、ようやく征充の手を解放した。摑まれていた場所には、まだ遼太郎の腕の感触が残っている。

「それじゃ、外の看板と暖簾《のれん》をしまってきますから、上に行っててもらえますか？　俺もまだ藤崎さんに話があるんです」

「わかった」

征充は素直に頷いた。遼太郎がそう言ったのは、店の明かりをつけていては営業中だと間違えて、客が入ってくる恐れがあるからだろう。それなら、ここの電気を消し、二階にいるほうが落ち着いて話ができる。

遼太郎の自室となっている二階には、過去に一度、上がったことがあるだけだ。閉店後に居座っているときでも、これまでは店で話をしていた。店内にいるのと自室に招かれるのでは、受け止め方が違ってくる。ただの客ではないと言ってくれている気がするのだ。

狭くて急な階段を上がり、何もない部屋に座って、征充はすぐにやってくるだろう遼太郎を待った。戸締まりだけならそう時間はかからないはずだ。けれど、予想していたよりは遼太郎の到着は遅かった。その理由は遼太郎が両手に持ったマグカップのためだ。

「どうぞ、コーヒーです」

「サンキュー。でも、店で出してるもんじゃないよな？」

差し出されたカップを、征充は礼を言って受け取ってから問いかけた。頼んだこともないが、店のメニューにコーヒーはなかったはずだ。

「大将が好きで、休憩のときとかに飲んでるんです。いつでも飲んでいいと言われてますから、気にしないでください」

「悪いな。いつも」

さすがにここまでもてなされると申し訳なくなる。客としていくらかは店に還元できている日ならいいが、今日などその客にもなっていないのだ。

「俺が勝手にしてるだけです。せっかく来てもらってるのに、これくらいしかできなくてすみません」

「お前って、結構、たらしだな」

征充はぼそりと呟《つぶや》く。遼太郎は意識せずに言っているのだろうが、この言い方が征充を喜ばせた。迷惑がられていないだけでもありがたいのに、これでは来てもらって嬉しいと言われているようなものだ。

「何ですか？」

征充の独り言が聞き取れなかったらしく、遼太郎が征充の隣に腰を下ろしてから問い返してくる。

「ホントに久しぶりだなって言ったんだよ」

「そうですね」

征充が誤魔化《ごまか》したことには気付かず、遼太郎が相づちを打つ。ソファもない畳の部屋で、二人は壁にもたれて並んで座っている。前回、口論になって別れた後の再会とは思えないほど、穏やかな時間だ。

「この間はすみませんでした」

遼太郎がごく自然に口を開く。何を謝罪しているのかは、すぐにわかった。

「あれな。もう怒ってないぞ」

「三俣さんから、そう聞きました。でも、やっぱり謝っておきたくて……」

「俺も大人げなかったって、反省してるんだ。それでチャラでいいだろ」

征充は苦笑いでそう言ってから、

「それにさ、おかげで久しぶりに熱くなれたから、結果的に言うと、俺にとってはプラスだった」

新しい企画を考えたことまでは、実現するかどうかわからないからまだ話す段階にないが、感謝の気持ちだけは伝えておきたかった。

「なんだかよくわかりませんけど、少しでも役に立てたんならよかったです」

遼太郎がホッとしたように微笑んだ。

「お前のドラマ嫌いも、いつか直るといいな」

「いつまでも拘ってるのはおかしいって、わかってるんですけど……」

三俣から事情を話したことも聞かされていたらしく、征充が知っていることに遼太郎は驚いた様子も怒ったふうもない。

「拘っていいんじゃないのか。確かに、この世界は実力だけじゃなくて、運だったり、事務所の力だったりが大きく左右する。けど、最後に残るのは実力のある奴だ。過信するのはよくないが、自信とプライドを持つのは大事だって俺は思うよ」

征充は役者ではないが、そんなふうに考えてこれまで仕事をしてきた。特にディレクターになってからは、自分がスタッフを引っ張らなければならないという責任感から、余計にそう思うようになった。

「やっぱり、藤崎さんと比べると、俺なんかまだまだ半人前ですね」

「当然だ、と言いたいとこだけど、俺もまだまだだよ」

苦笑いで答える征充の脳裏《のうり》に浮かんだのは、辛そうな顔の苦篠だった。何年も付き合ってきたというのに、その想いに気付くことができなかったのは、自分のことしか考えられない未熟さのせいだ。

「今日のこととかですか？」

控えめながら、遼太郎は征充の変化に気付き、問いかけてくる。

「蒸《む》し返すのかよ」

征充は露骨に嫌な顔をして、話したくないことをアピールしてみせた。それなのに遼太郎は引き下がらない。

「相手は藤崎さんがうっかり気を許してしまうような人なんですよね？」

遼太郎は鋭いところを突いてきた。征充は決して苫篠の名前を言うつもりはなかったから、悟られないよう言葉には気を遣っていた。だが、遼太郎には征充と一緒にいるところを見られている。だから、これ以上、この話を続ければ、どこで苫篠に結びつくか知れない。

苫篠が望むのであれば、これからも友人関係を続けていきたいと征充は思っている。そのために、彼の名誉を傷つけるようなことはしたくなかった。

「これは俺の問題だ。言うようなことじゃない」

「つまり、俺でも知ってる人だから、言えないってことですね」

「もういいじゃねえか。未遂だったわけだし」

遼太郎の鋭い指摘をかわすため、征充は急いで追及を避ける言葉を口にする。もう済んだことだと、何もなかったのだと言えば、遼太郎も納得するだろう。

「本当に何もされてませんか？」

疑わしげな遼太郎の視線が、征充の顔から胸元へと移動する。弾け飛んでなくなったボタンが、どうしても何もなかったとは思えないようだ。

「これは揉み合ったときに取れただけで、お前に言われるまで気付かなかったくらいなんだ。それがたいしたことがなかったって証拠にならないか？」

事実を話しているから、征充の声にも表情にもぶれはない。真実を見抜こうと見つめる遼太郎の視線も、征充はまっすぐに受け止める。

「すみません。嫌なことを思い出させて……」

ようやく遼太郎は納得したのか、申し訳なさそうに頭を下げた。

「気にしなくていい。嫌ってほどのことじゃなくて、キスをされただけだからさ」

「キスをされたんですか？」

征充の言葉に被さるように、遼太郎は驚きの声を上げた。

「それで何もなかったなんて……」

呆然としている遼太郎に、今度は征充が驚かされた。

「キスくらい、飲み会ででもするだろ」

「俺はしません」

「まあ、飲み会にもほとんど参加しないんだったな。周りにキス魔とかいないのか？」

「いないと思います」

だから日常でキスをすることはないと、遼太郎は言いきった。

「だったら、芝居では？　役者をやってれば、ラブシーンもあるだろ」

「まだないです」

「そっか。ってことは本気のキスしかないのか」

征充はそういうことだろうと、確認を求めるつもりはなく、ただ感じたことを口にしただけだった。けれど、その言葉を聞いた瞬間、遼太郎は顔を真っ赤にした。今どきの若者にしては珍しい純朴さに、征充の頬はつい緩んでしまう。

「けど、お前も役者を続けてれば、そのうち本気じゃないキスも経験するよ。俺がよくするような、遊びのキスもな」

「遊びのキス……」

遼太郎が呟いた声にはどこか不満げな響きがあった。まだ納得できていないのは明らかだ。

「藤崎さんは平気なんですね」

「最初はさすがに抵抗あったけどな。でも、もう慣れた」

入社当時のことを思い出し、征充は苦笑いを浮かべる。見かけのせいで遊んでいるように思われていたのもあったのか、とにかく酒の席では余興《よきょう》でキスをさせられることが多かった。そんな経験をすれば、嫌でも慣れるし、何も感じなくなるものだ。

けれど、遼太郎にはそんな宴会もそうなる状況も信じられないらしい。疑わしげな視線を向けたままで、覆い被さるように顔を近づけてくる。

「本当に慣れてるんですか？」

まっすぐに瞳を見つめたまま、至近距離で尋ねられる。男同士で会話をするには、あまりにも顔の距離が近すぎると感じても、征充は壁を背にして座っていて、これ以上は後ろに下がりようがない。

「……慣れてたらどうなんだ？」

征充もまた、遼太郎の瞳をまっすぐに捉え、その意味を尋ねた。二人の間の距離が近いこと以外は、会話をしているだけのことに変わりはない。それなのに、妙な緊張や興奮が征充の声が出るのを、一瞬、遅らせた。

きっと問い返した言葉に、自分でも気付かない思わせぶりな響きが含まれていたに違いない。だから、遼太郎の顔がより近づいてくるのだ。征充はそれを不思議なほど、落ち着いて見つめていた。自分から仕掛けたのだから、そう来るのは当然だとさえ思える。

これが昨日までなら、冗談だと軽く受け止めたか、それとも冗談が過ぎると突き飛ばしたか、どちらにせよ、征充も深くは考えなかっただろう。けれど、男に襲われてから一時間あまりしか経っていない今は違う。遼太郎が本気でキスを求めていることが、容易にわかった。わかったのに、征充は息が触れ合うほどに近づいた遼太郎の顔を、目を閉じて受け入れた。

次の瞬間、温かくて柔らかい感触が唇に与えられる。

一方的に押しつけてきたくせに、遼太郎の唇は微かに震えていた。その初々しい反応が、征充を動かした。

畳に置いていた手を持ち上げ、そっと遼太郎の背中に回す。そして、落ち着けと、宥《なだ》めるようにその背中を撫でた。

遼太郎の緊張が解けていくのを手のひらと唇で感じる。それならと征充は次に自分から唇を押しつけた。

一時間前には振り払いたかった男の唇。それが苦篠から遼太郎に替わっただけで、もっと味わってみたい、深く感じてみたいと思ってしまった。

どちらも顔を引かず、口づけは予想以上に長くなった。遊びのキスは嫌だという遼太郎だ。征充にキスをしようとした気持ちは本当なのだろう。だから、征充は遼太郎から引かない限り、口づけから逃れようとは思わなかった。

気付けば夢中になって遼太郎の唇を貪《むさぼ》っていた。遼太郎は明らかに経験の少なさを感じさせたが、征充の動きに合わせ、同じように舌を使って、征充の舌に絡めてくる。

熱い……。体の中心に熱が集まり始め、十一月のエアコンも効いていない部屋にいるというのに、征充は額に汗を滲ませていた。ようやく唇が離れたときには、二人とも肩で息をして、頬を上気させるほどだった。

顔は離れた。だが、二人の距離はまだ三十センチと離れていない。おまけに互いの両手は、まだそれぞれの体に触れたままだ。

征充は遼太郎を見つめ、また遼太郎も見つめ返す。絡み合う視線はますます熱を帯びる。その熱を解消するにはどうすればいいのか。答えを求めて、肩に乗っていた遼太郎の手が、そのまま征充の胸元へと移動する。

「……っ……」

刺激というほどの感覚ではなかったが、予想外のことについ息を詰めてしまった。女性とは違い、柔らかさも膨らみもない征充の胸を、遼太郎は何かを探すようにシャツの上から撫で始めたのだ。

はねのけるのは簡単でも、遼太郎がどこまで求めているのかが知りたくて、征充は身を任せていた。それにすぐに手を引くだろうとも思っていた。所詮《しょせん》、男の体だということは、すぐにわかるのだ。けれど、遼太郎はまだ確認が足りないのか、征充のシャツのボタンを外しにかかる。

征充は遼太郎とその名を呼びかけて、声に出す前に口を閉ざす。もし、呼びかければ、きっと遼太郎はその手を止めるだろう。だから、できなかった。

征充の見つめる中、シャツのボタンが全て外され、上半身が露わになる。これで完全に男であることが、遼太郎の目にも明らかになった。キスだけなら男同士でも問題ない。征充も自分で言ったとおり、何度も経験している。けれど、その先は違うのだ。

遼太郎の目にはどう映っているだろう。自分の気持ちよりも、そればかりが気になって落ち着かなくなる。

征充が追いかけた遼太郎の視線は、征充の平らな胸元へと注がれている。視線に孕《はら》まれた熱が突き刺さる。

征充がゴクリと生唾を飲み込んだ音が合図となった。これまでは隣から身を乗り出すだけだった遼太郎が、腰を上げ体の向きを変えると、征充の太股《ふともも》に跨ってきた。

足の動きを封じられたものの、それでもまだ逃げられなくはない。実際、苫篠に押し倒されたときも、股間を蹴り上げて逃げたのだ。だが、遼太郎の顔を見ていると、抵抗しようという気が全く湧《わ》き起こってこない。その違いに征充は戸惑い、ますます動けなくなる。

「ふっ……」

剝《む》き出しになった素肌を遼太郎の指が辿る。小さな尖《とが》りを指先が掠《かす》め、無意識に甘い息を漏らしてしまう。

反応を見せたのが遼太郎の動きを加速させた。遠慮がちだった指先が、今度ははっきりと意思を持って、尖りを擦《こす》り始めた。

「……っ……はぁ……」

胸を少し弄《いじ》られたくらいで感じるはずなどないのに、キスで体が昂《たかぶ》っていたからなのか、それとも相手が遼太郎だからなのか、自分でも知らなかった性感帯を見つけられた気分だった。

三十にもなって、年下の男にいいようにされているのは恥ずかしい。けれど、胸をよぎったそんな想いも、遼太郎の荒い息づかいで打ち消される。遼太郎もまた我を忘れるほど夢中になっているのだと息づかいが教えてくれるからだ。

遼太郎の手はさらにその先を求めて、下へと降りていく。行き着いた先は征充のベルトだった。カチャカチャと音を立ててベルトが外され、もどかしい手つきながら、スラックスのボタンを外し、ファスナーまで下げられる。

「おい……」

それまではされるままだった征充も、さすがにこれ以上はと遼太郎の手に遊んでいた自分の手を重ねた。

払いのけるまではいかない。強い拒絶を示して、遼太郎を傷つけるよりは、遼太郎が自ら手を引くことを征充は望んだ。だが、遼太郎の手は動かない。それどころか、真剣な目で征充を見つめてくる。

「触るだけでも、駄目ですか？」

「駄目っていうか……」

遼太郎の瞳に射《い》すくめられ、征充は断る理由が見つけられない。アルバイトと常連客の関係でしかないのに、キスをしただけでなく、その先に進もうとしている。どう考えてもおかしな話だ。それなのに、駄目とは言えなかった。

「駄目じゃないなら、いいですか？」

「わかった。けど、俺だけなのは恥ずかしいだろ。お前も出せよ」

重ねて尋ねられ、征充は覚悟を決めた。そして、せめて年上の威厳《いげん》を残そうと、積極的なところを見せて、遼太郎の中心へと手を伸ばした。ジーンズのファスナーを下ろすと、そこには下着を押し上げる昂りがあった。

互いのものを隠すのは、それぞれの下着だけ。先にそれを引き下げたのは、征充だった。男として嫉妬を覚えるような、遼太郎の屹立《きつりつ》に目を奪われる。だが、観察する余裕はすぐになくなった。負けまいと遼太郎が征充の下着を下げたのだ。

指を絡めたのは、ほとんど同時だった。征充が手を上下に動かすと、遼太郎もまたそれに倣《なら》う。二人の動きはシンクロし、まるで自分のものを扱《しご》いているかのような錯覚に襲われた。

他人に触れられるのは久しぶりで、他人のものに触れるのは初めてだ。征充は年相応、いやそれ以上の経験を重ねてきた。中にはかなり積極的な女性もいて、手を使うだけでなく、口での愛撫《あいぶ》を受けたこともある。かなり慣れていて巧《たく》みだと思った。けれど、そのときよりも遼太郎にされている今のほうが、遥かに感じる。

「はっ……あぁ……」

二人とも無言で、ただ荒い呼吸だけを繰り返す。吐き出す息は熱く、冷えた空気の中で混ざり合う。

解放の瞬間は、いつもより早く訪れた。呆気ないと恥ずかしく思う間もなく、征充は遼太郎の手を濡らし、征充の手のひらもまた熱く濡れる。達したのはほぼ同時だった。

征充はぼんやりした視線の先に手のひらをかざす。蛍光灯の光を受け、遼太郎の放ったもので濡れたところだけが輝き、生々しさを感じさせる。

いったい、何をしてしまったのか。

抵抗しようとすれば、いくらでもできたのに、どうしても、遼太郎を押し返すことができなかった。それどころか、征充のほうからも遼太郎に手を伸ばしていた。苫篠のときには嫌悪を抱き、蹴り上げ突き飛ばしたというのにだ。

征充は顔を上げられなかった。遼太郎と目を合わせるのが怖い。遼太郎の表情が後悔の色を浮かべているのを見るのが怖かった。

征充の視界に映るのは、遼太郎の腰から下だけだ。遼太郎は腰を上げ、征充に背中を向けて、身繕いをし始めた。その隙に征充も急いで萎《な》えた中心をしまった。

気まずさは半端ではなかった。それは遼太郎も同じらしく、二人とも何も言えないまま、時間だけが静かに流れていく。

何もない殺風景な遼太郎の部屋には、時計すらなかった。目覚ましはどうしているのか。そんなどうでもいいことでも考えていないと、間が保《も》たない。チラリと腕時計に目を遣って時間を確認すると、もう午前二時を過ぎていた。

いつまでもここにはいられない。明日の仕事は午後から出れば間に合うのだが、気まずさから逃げ出すために征充はようやく口を開いた。

「俺……」

「あの……」

沈黙を破ろうとしたタイミングは、計ったように同じだった。呼びかけながら振り返る遼太郎と目が合い、二人揃って言葉を途切れさせる。

「なんだよ」

ここは年上の征充が場を取り繕うべきだと、遼太郎を促した。

「タオルか何か、濡らして持ってきます」

遼太郎は不自然に視線を逸らして答える。互いに精液で濡れた手をそのままにはしておけない。

征充が帰ることを口実にこの場を離れようと考えたのと同様、遼太郎もちょうどいい口実を見つけたようだ。

「あっと、いいや、下のトイレを貸してくれ」

征充はできるだけいつものように振る舞った。今のことを気にしている様子を見せれば、ますます気まずくなる。ほんの数分前のことでも、何もなかったように振る舞う以外、征充には方法が思い浮かばなかった。

「それじゃ、下まで……」

「一人で行ける」

征充は案内しようとした遼太郎を制して、立ち上がる。

「それで、そのまま帰るから……」

「わかりました」

遼太郎にしても、どうやって見送ればいいのかわからないのだろう。強くは主張してこなかった。

征充は階段で一階へ向かっているときも、トイレで手を洗っている間も、遼太郎が階下に下りてくる気配はない。きっと今頃は二階で頭を抱えているに違いない。征充が同じ気持ちであるようにだ。

遼太郎の優しい笑顔に見送られて帰るときは、いつも温かい気持ちになれた。それが今は後悔しかない。

征充は二階にまで聞こえるように、派手に音を立てて店のドアを開閉し、深夜の街へと足を踏み出した。

狭い路地から二階を見上げると、薄いカーテンが室内の明かりを外に漏らしている。そこに人影が映らないか、未練がましく見つめていたが、動く影は見つけられなかった。

「何やってんだよ、俺」

征充は自分自身に呆れ果て、自嘲気味に呟くしかなかった。

どんなに滅入《めい》っていようが、仕事は待ってくれない。そして、征充の仕事は、笑いが絶対不可欠なバラエティ番組を作ることだ。征充は暗い気分を吹き飛ばそうと、いつも以上にテンションを上げて収録に挑《いど》んだ。

4

「はい、オッケー」

収録開始から一時間、征充は声を上げてカメラを止めた。

「それじゃ、二十分、休憩」

征充がＡＤに指示を出すと、そのＡＤが大声でスタジオ中に休憩を告げる。今日は年末に放送される三時間の特別番組の収録だから、一気に撮り終えるのは到底、無理だ。こうして、マメに休憩を挟み、出演者のコンディションを整えるのも、ディレクターとして当然の配慮だった。またスタッフ側もこのところ休みナシのような日々だから、集中力が続かないからでもあった。

「俺は一服してくる」

征充も気持ちを切り替えるため、ＡＤにそう言い残して、スタッフたちよりも一足早くスタジオを抜け出した。

半年続いた禁煙期間は、一週間前に終わりを告げ、反動で前以上に煙草《たばこ》の量が増えていた。スタジオは禁煙だから、廊下の隅に設置された喫煙所へと自然と早足になる。

征充に煙草を再開させるきっかけになったのは、一週間前の遼太郎との間に起きたアクシデントだ。まさに事故としか言いようがないあの夜の出来事が、征充に不似合いな悩み顔を多くさせた。

征充にはまだ酔った勢いだという言い訳がある。酒などすっかり抜けていたが、飲んだのは事実だし、それに所詮、言い訳なのだから本気で信じてもらえなくてもいい。ただ事故に至る原因があるのだと言えるだけでよかった。

だが、遼太郎には結果しかない。アルバイトをしていた遼太郎は酒を飲んでいなかったのだ。一週間も過ぎて、とっくに冷静になっているのに、どうしてあんなことになったのか、未だにそのきっかけがわからない。だから、遼太郎に会えないでいた。

本当は会ってちゃんと話すべきだとはわかっている。だが、自分自身の気持ちの整理ができていない。何をどう話せば、遼太郎との関係を壊さないでいられるのか。遼太郎に会うのは、その答えが出てからだ。

このまま知らん顔をして、逃げることは頭になかった。簡単に会わないと決められるくらいの相手ではないから、あんなことになったのだ。

喫煙所には運よく、他に人がいなかった。征充はソファに腰を落ち着け、煙草に火をつける。深く息を吸い込み、そして吐き出した白い煙をぼんやりと見つめた。人前では明るく振る舞う癖がついているから、一人にならないと溜息さえ吐けない。

だが、その一人きりの時間はすぐに終わりを迎えた。こちらへと近づいてくる足音に、征充が視線を向けると、見慣れた姿がまっすぐ征充めがけて歩いてくる。

「苦篠……」

テレビ局にいてもおかしくないのに、そこにいることを予想しておらず、征充は驚きの声を上げた。

「今日から収録なんですよ」

苦篠は征充の真ん前まで来て、ここにいる理由を説明した。苦篠と会うのもあの夜以来、つまり一週間ぶりだ。

「ああ、そうだったな」

自分がバラエティ専門だから、ついそれ以外の番組の収録時期を忘れてしまいがちになる。ドラマは一時間分を撮るのにも相当な時間がかかる。だから年明け放送開始で、しかも苦篠は三話からの出演でも、もうそこまで収録が進んでいるのだ。

苦篠に押し倒されたのはほんの一週間前だというのに、冷静に向き合えるのが不思議だった。苦篠への怒りはどこにもない。むしろ、会いに来てくれてよかったとさえ思える。

「ちょっと時間あるかな？」

苦篠に神妙な顔で尋ねられ、征充は腕時計に目を遣る。休憩を二十分取ったが、既に五分近くは過ぎていた。

「十五分ならな」

「充分ですよ」

苦篠はホッとしたように表情を僅かに緩めた。どれだけたくさんの観客の前に出ても、緊張したことがないという苫篠だが、さすがに今日は違うようだ。

「ここではできない話だろ？」

征充は隣に座ろうとしない苫篠の気持ちを察して、自分から腰を上げた。

「俺の楽屋でいいかな」

「そうだな。そこなら落ち着いて話ができそうだ」

征充はことさら以前と変わらない態度を取った。二人きりになることに警戒心はないと、苫篠に伝えるためだ。

東洋テレビでは、出演者が便利なようにと収録スタジオと控え室は、ワンフロアしか離れていない。苫篠が局に用意された楽屋も、二人が今いる階より一階上だ。

征充と苫篠が仲のいいことは周知の事実だから、こうして並んで歩いていても、不思議がられることはなく、楽屋に着くまでの間、エレベーターでスタッフと乗り合わせたりもしたが、挨拶をされるだけで終わった。

壁一面が鏡になっていて、その前にメイク用のカウンターテーブル、中央にはソファセットがある楽屋で、征充は先に二人がけのソファの真ん中に座った。

「マネージャーは？」

現場では常に苫篠について回るマネージャーの姿がないことに気付き、征充は二人きりになってから尋ねた。

「他の打ち合わせに行ってますよ。どうせ収録中はすることないし」

苦篠は納得できる答えをくれた。不自然に席を外させていたりすれば、後々、何かあったのかと勘ぐられるかもしれないと考え、マネージャーがいない隙を狙って征充を訪ねてきたらしい。

携帯電話の番号すら知らない遼太郎とは違い、苦篠とは自宅の電話番号まで交換し合っているし、互いの自宅を行き来する仲だ。仕事場で待ち伏せをしなくても、いつでも連絡を取れるのに、それでは征充が逃げるとでも思っていたのだろうか。

「だから、ちょっと収録まで時間はあるけど、先に送ってもらったんだ」

「売れっ子俳優のくせに暇なんだな」

「藤崎さんがここで収録してるって聞いたからじゃないですか」

やはり征充の思っていたとおり、苦篠はそのために忙しい合間を縫って、局入りをしていたようだ。

「で、そこまでして、俺に何を言うつもりだ？」

時間もあまりない。征充は早速、本題を促した。苦篠は征充の視線をまっすぐに受け止め、それから頭を下げた。

「この前は……、すみませんでした」

口先だけでない、真実の声が聞こえてくる。この言葉を言うために、苦篠はどれだけの覚悟を決めてきたのだろう。

「反省したか？」

征充は苦篠の後頭部を見ながら、わざと軽い口調で問いかける。その声音で征充がもう怒っていないことを察し、苦篠が苦笑した顔を上げた。

「そりゃあもう、人生で初めてってくらいに反省しましたよ。おかげで、マネージャーにも久しぶりに怒られたしね」

「なんだ、それ」

どうしてここにマネージャーが出てくるのか。征充は不思議に思い、首を傾げる。

「あの日、一睡もできなくて、翌日にあった雑誌の撮影、顔のコンディションが最悪だったんですよ」

苦笑いの苦篠を征充は鼻で笑い飛ばした。

「自業自得だ。馬鹿」

「手厳しいな」

「こっちも長年の友人をなくすとこだったんだ。これくらい言っても罰は当たらないだろ」

「なくす……とこ？」

征充の言葉を苦篠は驚いた顔で聞き咎める。征充はまだ苦篠とは友人のつもりでいた。想いを拒んだことで、苦篠が離れていくのならそれは仕方がないが、できるなら、また一緒に飲みに行ける関係でありたかった。

「俺はまだ友達でいていいの？」

「友人以上になれなくてもいいならな」

きつい言い方でも、今後のためにははっきりと言っておかなくてはならない。征充は口調を引き締め、苦篠の目をまっすぐに見据えて言った。

苦篠は視線を逸らさなかった。この一週間できっといろんなことを考え、そして、出した結論に従って、征充を訪ねてきたのだろう。その決意が感じられた。

「もうこんなふうに話してもらうことも諦めてたんだ」

苦篠はポツリと呟くように口を開いた。

「それだけのことをしたんだって、諦めなきゃいけない。会ってもらえなくても、自分が悪いんだってさ。でも……」

「お前も俺と同じだったんだろ？　長年、付き合ってきた友達までなくしたくないってな」

征充の言葉に苦篠はコクリと頷いた。

苦篠が征充に対して抱いていた想いが友達以上であったとしても、友達として作った思い出がある。楽しかったと思ったのは、征充だけではなかったはずだと信じていた。

「やっぱり藤崎さんには敵わないな」

苦篠は気恥ずかしそうに頭を掻いた。

「虫のいい話だから、どうやって藤崎さんにわかってもらおうかって、ずっと考えてたのに……」

「どう説得するつもりだった？」

「答えなんか出ませんよ」

自棄《やけ》になったのか、開き直ったのか、徐々にいつもの苦篠へと戻っていく。皮肉っぽく苦笑う顔は、世の女性たちをときめかせている色気を感じさせる。ついさっきまでのしょげた表情は、もうどこにもなかった。征充が許していることが伝わったためだろう。

「どう謝ればいいかわからなくても、今、会わないともう会えなくなりそうだから……」

「だからわざわざ頭を下げに来たんだな。それでもう充分だ」

征充は向かいに座る苫篠の肩にポンと手を置いた。

「許してくれるのは嬉しいけど、ホントにもう平気ですか？」

征充を見つめる苫篠の目には、若干の不安が潜んでいた。

「実害はなかったし、それに俺もかなり鈍かったしな。お前が優しいのをいいことに甘えすぎてた」

「もしかして反省してたりします？」

意外そうに尋ねられ、征充はどんな性格に思われているのかと頭を掻く。確かに、後悔も反省もその場に立ち止まっているような印象があって好きではなかったことを、付き合いが長いだけに、苫篠はよく知っている。

「反省つっても、ちょっとだけだぞ」

「ちょっとだけでも、人にそういうところを見せるのが珍しいですよね」

苫篠が何か窺うような視線を向けてくる。苫篠は聡《さと》い男だから、おそらく薄々は気付いているのだろうが、また話を蒸し返してしまうことを心配して、言わずにいるに違いない。だから、征充は自分から白状する。

「お前が想像したとおり、あいつの影響だよ」

若干の気恥ずかしさはあったものの、素直に気持ちを言葉にする。嫌いだった反省も後悔も、遼太郎と知り合ってからは、そう悪くない気がしていた。

「若さに教えられることってのは、結構、あるみたいだ」

「諦めるつもりだけど、はっきり聞かされるのは辛いな」

苫篠が切なそうに目を伏せる。そんな苫篠を征充は笑って頭を軽く叩いた。

「ばーか。そういう意味じゃねえよ」

「そういう意味って？」

「確かに、あいつのことを特別扱いしてるのは認める。けど、影響されてるのは、あいつの若さだ。それはお前にも共通してるんだぞ」

遼太郎との間にあったことは伏せたけれど、それは話していることとは関係ない。苫篠を納得させるためだけでなく、征充の本当の気持ちだった。

「俺にも？」

苫篠が意外そうに問い返してくる。

「俺はお前がどんどん活躍していくのを、近くにいて目の当たりにしてきたんだ。刺激を受けるなってほうが無理だろ」

「俺のほうが先なんだ？」

「そりゃ、お前のほうが先に出会ってるからな。だから、今の俺がいるのは、お前のおかげでもあると思ってる」

　言葉を飾るつもりはなかった。苫篠はゲイであることを打ち明けることによって、築き上げてきた自分の立場を失くすかもしれないのに、征充への想いを伝えてきた。その気持ちに応えることはできなくても、真剣には向き合いたかった。

「そっか。俺が藤崎さんをディレクターにしたのか」

「調子に乗るなよ。あくまで一要素だ」

　征充がフンと鼻を鳴らすと、苫篠がようやく本当の笑顔を見せた。さっきまでの苦笑いとは違い、引き込まれるような笑顔だ。

「一要素でも充分ですよ」

「情けないこと言ってんなよ。天下の苫篠篤がさ」

「そんな扱いしてくれたことないくせに、よく言いますね」

　呆れたように言う苫篠を見て、征充はまた少し元の関係に近づけたような気がした。それが、たとえ気持ちを押し殺した結果だとしても、もしかしたら、いつかは破綻《はたん》する無理であったとしても、そこまでしてでも征充との友情を維持したいと苫篠が思ってくれていることが嬉しかった。

「ま、藤崎さんのそういうとこが好きだったんですけどね」

「もう過去形か？」

　征充は苫篠の言葉尻を捉えた。

「そうしなきゃいけないわけでしょう？　これからは友達として好きだって気持ちにシフトチェ

ンジしていきますよ」

強がりも含まれているのかもしれない。けれど、苫篠の顔には何かを吹っ切ったようなすがすがしさがあった。この言葉を口にするのに、苫篠はおそらくきっとかなり思い悩んだのだろう。だから、征充はそれに応える。

「俺もお前のそういう前向きなとこは、すげえ好きだよ。これは現在形な」

ニッと笑ってみせると、苫篠も微笑み返す。これでやっと今までどおり、苫篠と友達付き合いができる。征充はホッと胸を撫で下ろした。

「しかし、お互いを褒め合ってるってのも、誰か見てたら、さぞ気持ち悪い光景だろうな」

気持ちが落ち着くと状況がよく見えてくる。さして広くもない楽屋の中で、いい大人が二人して、何をしているのだと照れくさくなる。

「何かのリハーサルだと思ってくれるんじゃないかな。ディレクターと役者なんだし」

「バラエティ班の俺が、お前に何の稽古をつけるんだよ」

「……例の新番組とか？」

苫篠が窺うような視線で尋ねてくる。

「それは来週の編成会議が通ってからだ」

自ら口にしたことで実感が湧いてくる。征充はこのところ三つの気がかりがあった。一つは苫篠のこと、そして、もちろん遼太郎のこともある。最後の一つが新番組の企画のことだった。制作局長には先週、企画書を提出していた。これまでの実績があるから、一蹴《いっしゅう》はされなかったものの、局長の顔色を見る限り、あまりいい結果を期待できそうにない。

「俺の名前、ちゃんと出しました？」

察しのいい苫篠はすぐに気付いた。征充が会議の結果を期待できずにいることを、長い付き合いから微妙な態度の変化で悟ったのだろう。

「豪華キャストを予定」

征充はそう言った後、苦笑する。

「そう書くしかないだろ」

「それじゃ、今からでも追加しておいてください。苫篠篤の出演は確定してるって」

「けど、お前……」

その先を征充は口ごもる。新番組の構想を話したとき、確かに苫篠は出てもいいと言ってくれた。だが、その後、あんなことになり、あの話もなくなったものだと思っていた。

「面白そうだと思ったのはホントだし、友達として力になりたいって思ったのもホントですよ。だから、そこそこ数字を持ってる俺の名前を使ってくださいよ」

「何がそこそこだよ。高視聴率男が」

征充は苫篠の頭を軽く叩く。苫篠が出演するドラマは、いつも高い視聴率を叩き出し、それゆえにどの局からもオファーが殺到しているのだ。

「でも、サンキュー。ギリギリまで俺の実績で粘ってみて、それで駄目なら、天下の苫篠篤の名前を使わせてもらうよ」

「いつでもどうぞ」

苦篠が一週間前と同じ、軽い口調で答えたところで、そろそろタイムリミットが迫ってきた。

壁にかかった時計が目に入り、征充は腰を上げる。

「さてと、休憩も終わりだ」

「休憩時間を潰させてすみませんでした」

同じように立ち上がった苦篠が、殊勝な態度で頭を下げる。

「いや、お前から訪ねてきてくれてよかった」

征充はドアの手前で足を止め、見送るためについてきた苦篠に向けて、右手を差し出す。この業界にいると、握手は挨拶代わりだ。けれど、今のこれは違う。改めて、友情を確認したくて、握手を求めた。

苦篠は一瞬だけ、驚いたように目を見開いたが、すぐに頬を緩め、同じように右手を差し出してきた。征充の気持ちに気付いた証拠だ。

二人は無言で固く手を握り合う。それは短い時間だったけれど、確実に気持ちは伝わった。

征充は苦篠の形のいい手を最後に思い切り強く握り、それから手を離すと、次にバンと力強く苦篠の肩を叩いた。

「痛いって……」

顔を顰める苦篠を豪快に笑い飛ばすと、

「また連絡する。ドラマ、今日からだったな。頑張れよ」

苫篠はこれまでと変わらない別れの言葉を口にして、楽屋を後にした。

もう収録再開まで残り三分もない。征充はスタジオへと急いだが、その足取りは軽かった。苫篠に会えてよかった。これで気がかりの一つが解消された。それに新番組の企画も、苫篠という切り札を手に入れたおかげで、気持ちに余裕ができた。結果が出るまでも落ち着いて過ごせそうだ。

残る問題は、遼太郎のことだけになった。逃げ続けるつもりはなかったが、会いに行く勇気が出なかった。けれど、その勇気を苫篠がくれた。何をどう話すかは、遼太郎の顔を見てから考えよう。とにかく、一日でも早く会うことが大事だと、征充は今日にでも遼太郎を訪ねる決心をした。


征充がその日の仕事を終えたのは、収録があった日にしては珍しく、午後十時だった。これは神様の思《おぼ》し召しだとばかりに、征充は飲みに行こうという周囲の誘いを断り、局を飛び出した。

局前で客待ちをしていたタクシーに乗り込んでから、運転手に指示した行き先は、六本木の『花吹雪』近くだった。決心したとはいえ、いきなり二人きりになるのは、やはり気まずい。だから、絶対に店が早じまいをしていないだろう時間に着きたくて、電車も充分に動いている時間なのに、駅まで歩く時間が惜しくてタクシーを使ったのだ。

その甲斐あって、二十分後、征充は『花吹雪』の前に立っていた。ここに来ること自体は一週間ぶりだが、大将がいるときとなると、もう結構な間隔が空いている。来られなかったのは、忙しかったからだと、大将にもし理由を問われたときの言い訳を用意してから、征充は引き戸に手をかけた。

「いらっしゃい」

店内に足を踏み入れた瞬間、大将の笑顔が出迎えてくれる。征充はそれに小さく頭を下げて応え、それから、さりげなく店内を見回した。

午後十時を過ぎても、店は適度に混み合っていて、テーブル席は満席、カウンターも二席を残すのみだった。だが、征充の定位置であるカウンター隅の席は空いていた。征充がそこに腰を下ろすと、待ちかねたように大将が声をかけてくる。

「お久しぶりですね」

「ここんとこ、連日、夜中まで仕事だったんだ」

征充は肩を揉みながら、疲れが溜まっているふうを装《よそお》った。仕事が忙しかったのは事実だから、全くの嘘というわけではない。

「今日は大丈夫なんですか？」

「そろそろ来ないと忘れられそうだと思ってさ」

征充の軽口に大将が快活に笑う。

「それはこっちのほうですよ。うちの店がもう忘れられたのかと思いました」

「いやいや、大将の味はそう簡単には忘れられないよ」

冗談っぽく言ったものの、それは征充の本音だ。舌は味を覚えていて、今も漂ってくる煮付けの匂いに、忘れていた食欲をそそられる。

「ありがとうございます」

頭を下げる大将に、征充は今日もまたお任せで料理を頼むと、女将が奥から手拭きとお通しを持ってやってくる。

今日はまだ遼太郎を見ていない。もちろん、それは計算の上だ。遼太郎のシフトは午後十一時からで、まだ三十分はある。それまでに腹ごしらえをして、少し酒も入れておくつもりだった。

だが、征充の計画は午後十一時を過ぎて崩れ始める。とっくにシフトの時間になったのに、遼太郎が姿を現さないのだ。店の定休日以外は、劇団の公演がある日でも休まないのにどうしたのだろう。征充が大将に尋ねてみるべきかと思い始めたときだった。

「智也《ともや》、それは奥のテーブル」

大将が聞き慣れない名前で呼びかけるのが耳に飛び込んできた。征充は大将の視線の先に目を向けた。

青い半被姿は大将と同じだが、その顔には全く見覚えがない。だが、半被を着ているということは、ここで働いている証拠だ。

「新しいバイトを入れたんだ？」

征充はあえて遼太郎の名前は出さずに問いかけた。けれど、大将はさっきまでの笑顔を消し、少し寂しそうな陰のある表情を見せる。

「遼太郎が辞めたので、代わりに入ってもらったんですよ」

「辞めた？」

意外な返事に征充は驚きを隠せなかった。バイトが辞めることは珍しい話ではないが、遼太郎はこの二階に住んでいる。バイトを辞めるということは、住む場所もなくすことになる。一週間前には、そんな素振《そぶ》りもなかったのにあまりにも急だった。

「しばらくバイトに入れそうにないから、代わりに同じ劇団の子を使ってくれないかって、先週、遼太郎から頼まれたんです」

大将の視線が、慣れない手つきで料理を運ぶ、智也という名の青年に注がれる。劇団員とはいっても、まだまだ新人に違いない。全く見覚えがないのは、先日の舞台には出ていなかったからか、もしくはほんのちょい役だったのだろう。

「じゃ、もう上にも住んでないの？」

征充が続けた質問に、大将はますます寂しそうに笑い、頷いた。

「私はそのまま住んでていいって言ったんですけどね。それじゃ、申し訳ないからって……」

「遼太郎らしいな」

生真面目な遼太郎の顔が思い浮かび、そうなると寂しく感じる。ここに来ても、もう会えないことが徐々に実感として湧いてきた。

「ってことは、今は空き部屋？」

征充が頭上に目を遣ると、大将は首を横に振った。それから、テーブルの空き皿を引いていく

智也に視線を注ぎつつ、

「あの子が住んでます。もちろん、遼太郎から、できれば自分と同じ条件で雇《やと》ってやってくれないかって頼まれたんですよ。遼太郎の保証付きだから、真面目でいい子で、うちとしては助かってるんですけどね」

その言葉どおり、智也は休むことなく動いている。客商売には不慣れなのか、笑顔にぎこちなさはあるものの、誠実さがよく表れていた。

もしかしたら、遼太郎は自分がいなくなることで大将が寂しく感じるのではないかと、似たようなタイプの劇団員を紹介したのかもしれない。征充はふとそう思った。

「そっか。遼太郎、いないのか……」

誰に聞かせるつもりもない独り言が、征充の口から自然と零れる。ここに来れば会える、征充が会いたいときに会えると信じ込んでいたから、携帯電話の番号など交換しなかった。急に遼太郎が遠くに感じる。

「藤崎さんには仲良くしてもらってましたから、遼太郎も直接、辞めるってことを言えないのを気にしてたんですよ」

「遼太郎が辞めたのっていつ?」

征充は改めて具体的な日付を尋ねた。一週間前には辞める素振りもなかったのだ。急に思い立ったとしても、その翌日ということはないだろう。

「一昨日が最後でした」

「本当にタッチの差だったんだ」

征充の声には若干の後悔が籠もる。もう少し早く決心していれば会えたのだ。たった二日の差で、遼太郎の笑顔を見損ねた。

遼太郎がいないのなら、ここに長居する理由がないが、いつも長時間居座っているから、すぐに席を立つのは不自然だ。それに、征充は大将の作る料理の味も、店の雰囲気も気に入っている。

征充は遼太郎不在の店で、一時間あまり、食事と酒を楽しんだ。

「お待たせしました。熱燗です」

征充が最後のつもりで頼んだ熱燗が、智也の手によって運ばれてくる。

「ああ、ありがとう」

礼を言うと、智也は小さく頭を下げ、立ち去ろうとする。征充はその腕を摑んで引き留めた。

「ちょっといいかな？」

「あ、はい」

呼び止められたことに不思議そうな顔をしながらも、智也は素直に征充の隣で立ち止まった。

平日の午前〇時近くになると、客の数も少なくなる。征充の他にはテーブル席にいる三人組のサラリーマンだけだから、まだ新人の智也でも話し相手をする時間があるというわけだ。

「遼太郎は新しいバイトでも始めたのかな？」

征充は大将には聞かせないよう、智也にだけ届く程度の声で問いかけた。遼太郎がいなくなったことを寂しがっているのがわかるから、できれば思い出させるような真似はしたくなかった。

「あ、いえ、そうじゃなくて……」

智也がどう答えるか迷っているのは、おそらく、征充と遼太郎との関係がわからないからだろう。ただの客なら、遼太郎の個人的な事情まで話すのは躊躇われて当然だ。

「この間、会ったときは、そんなこと言ってなかったんだけどな。公演が終わったばかりだから、稽古が忙しいわけでもないだろ？」

征充は名乗らないままで、遼太郎とは親しい関係にあったことだけを匂わせた。遼太郎が劇団に入っていることを知っていて、なおかつ、公演のスケジュールまで把握しているのだから、ただの客ではないと智也は判断したらしく、言い淀《よど》んでいた理由を口にし始めた。

「遼太郎さんは芝居に集中するために、しばらくはバイトを休むんだって言ってました」

「それでやっていけるのか？」

「二、三カ月なら大丈夫だそうです」

即答するところをみると、どうやら智也も遼太郎に同じ質問をしたらしい。それだけの蓄えがあることに意外な気がしたが、万一に備えて堅実に貯金をしているところは、遼太郎らしいともいえる。

けれど、それはあまりにも急だった。芝居に打ち込みたい気持ちは、これまでにもあったはずだ。けれど、役者だけでは生活できないから、アルバイトをせざるを得なかった。万一の貯蓄を崩してまでも、今、この時期に芝居に専念しようと思わせるだけの何かが、この一週間にあったのだ。

気になるし、どうにかしてその理由を知りたいと思うものの、智也にそこまで突っ込んで聞くのは躊躇われた。ちょっと親しいくらいの常連客が、そこまで立ち入るのはおかしいだろう。

「そっか。ありがとう」

征充は礼を言って智也を解放した。幸い、征充には大将や智也から情報を得なくても、遼太郎の状況を詳しく知る手段がある。テレビ局の社員という立場を利用しない手はない。

だが、それも明日からの話だ。もう時間も遅い。今日のところは、適度な酒と食事だけにして、大将にまた来ると言い残し、店を後にした。

外に出てから腕時計で時間を確認すると、まだ午前〇時を過ぎたばかりだった。『花吹雪』に通い始めてから、閉店まで残っていなかったのも、最後の客にならなかったのも初めてだ。

征充は少し歩き出してから、思い出したように店を振り返る。今後もこの店を訪ねることはきっとあるだろう。けれど、遼太郎が戻ってこない限り、閉店まで長居することはきっとないと、確信を持ってそう思った。

5

決心したときの征充の行動は早い。遼太郎がバイトを辞めたと聞いた次の日、征充は劇団『SORA』の事務所を訪ねていた。今日は仕事が休みなのもタイミングがよく、朝から行動したおかげで、まだ昼前だ。

昨晩、自宅に帰った後、早速にインターネットで検索をして、『SORA』のHP《ホームページ》を見つけた。そこには公演スケジュールや所属の劇団員たちの活動状況の他、連絡先として電話番号と住所が記されていて、それを元に征充は新宿《しんじゅく》まで足を運んだというわけだった。

「今日は三俣さん、お見えじゃないんですか?」

征充は職権乱用し、テレビ局の名刺を差し出してから、事務所にいた女性に問いかけた。事務所とはいっても、ワンルームマンションをそう使っているだけで、この場にいなければ三俣が不在なのは明らかだ。

遼太郎の近況を知るには、座長である三俣から。というのはすぐに思いついていた。ただ、征充は三俣と直接、連絡を取ったことはこれまでに一度もなく、また連絡先も知らなかった。ドラマ班のスタッフなら、探せば一人くらい携帯番号を知っているかもしれないが、そこまで大事にはしたくなかったし、確実に知っているであろう苫篠には、理由が理由なだけに聞けなかった。

「申し訳ありません。今日は映画の撮影に出ております」

テレビ局の社員である征充だからか、いきなり訪ねたにもかかわらず、女性は心底、申し訳なさそうに頭を下げた。

「いえ、気にしないでください。約束をしてくれればよかったんですが、たまたま近くに来たもので、いらっしゃらないかなぁと思って……」

そう言いながらも、征充はことさらに残念そうな顔を作る。

「今度、お会いしたときにちゃんとお願いするつもりでいたんですが、一度、劇団の稽古場を見せてもらえないかと思ってたんですよ」

「稽古場をですか？」

女性が不思議そうに問い返してくる。

「実は劇団をテーマにした番組の企画を考えてるんです。まだ僕の構想だけなので、局から正式に依頼するわけにはいかなくて……」

「それでしたら、是非、どうぞ。稽古場はこの近くなんです」

「そんな急にいいんですか？」

征充が形ばかりの遠慮をしてみせると、女性は全く問題ないと力強く請け負う。

「とは言っても、今日は若手が自主的な稽古をしてるだけですけど、それでよければ」

「ありがとうございます」

若手ばかりは征充にとって好都合だ。ベテランがいると、どうしてもその劇団員が征充の相手をしようとやってくるだろう。そうなるとまた嘘を重ねなければならず、面倒なことになる。

女性は稽古場の住所を教えるだけでなく、ここからの地図まで描いて渡してくれた。おそらく徒歩でも十分とかからないだろう。征充はもう一度、礼を言って、事務所を後にした。

芝居に集中すると遼太郎が言っていたという話だから、稽古場に行けば会えるだろうと征充は考えたのだが、その場所までは公式サイトに記されていなかった。

やっと遼太郎に会える。征充の足は自然と速くなっていた。走ったわけではないが、予想していた十分とかかることなく、教えられた稽古場のあるビルに到着する。

古びたビルの二階、看板は何も上がっていなかったが、ドアには『ＳＯＲＡ』と書かれたプレートが貼《は》られていて、外には発声練習をする声が漏れ聞こえてくる。征充はそっとドアを開け、中の様子を窺った。

二十畳ほどの広さの室内に、十人前後の若い男女が思い思いの場所に立ち、発声練習をしていたり、柔軟体操をしていたりと、さまざまだ。

遼太郎がいれば、征充はすぐに見つけられる自信がある。だから、一瞬で、その場にいないことがわかった。読みが外れたことに気落ちするも、他に遼太郎と連絡を取る手段がないのだから、立ち去る気にはなれない。かといって、ここで待ち続けるのも変だ。

さてどうするかと、何気なく室内を見回すと、どこかで見たことのあるような青年が、征充を見つめているのに気付いた。年は征充よりも少し下くらい、黒縁の眼鏡姿が記憶に引っかかる。この間の舞台、四番目くらいに台詞の多い役をしていた男だと思い当たる。征充が覚えていたと同じように、向こうも征充の顔に覚えがあったらしい。

青年がまっすぐに征充の元へと近づいてくる。征充はそれを会釈することで迎えた。

「確か、三俣さんのお知り合いの方ですよね？」

「すごい記憶力だね」

征充は否定も肯定もしていない答え方をした。三俣とは知り合いではあっても、さほど親しくはないからだ。

「目立ってましたから。舞台より客席のほうが華があって、俺たち、完全に負けてるなって言ってたんですよ」

「苫篠効果で俺まで五割増しで派手になってたかな」

軽口には軽口で応え、二人の間に笑いが広がる。

「それで、今日はどうしたんですか？　三俣さんは公演がなければ、滅多に稽古場には来ないんですよ」

「ああ、それはいいんだ。稽古場を見せてもらいたかっただけだし」

征充はそう言って、さっき事務所でしたのと同じ言い訳を付け加えた。

「こんなところでよければ、好きなだけ見ていってください。もっとも、来られる奴だけが集まった、勝手な自主練ですけど」

「来られないのって、やっぱりバイトが忙しくて？」

取材で来ているのに何も聞かないのは変だと思い質問すると、青年は苦笑する。

「ほとんどがそうですね。三俣さんみたいに、映画やドラマで忙しいならかっこいいんですけど、実際、バイトの合間に稽古してるみたいなもんですから」

「やっぱり劇団ってそういうもの?」

征充が重ねて続けた問いかけに、青年は頷いてから、

「よほど大きなところならともかく、劇団の公演だけで食べていくのは無理です」

やはり征充が想像していたとおりの答えを返してきた。こうして少しだけでも会話を交わしたことで、話が切り出しやすくなった。

「じゃ、遼太郎もバイトかな?」

「遼太郎のこと、ご存じなんですか?」

征充はさりげなく口にしたのだが、青年は驚きを隠せない。まだまだキャリアの浅い遼太郎が、テレビ局の社員と知り合いなことが不思議なのだろう。

「俺の行きつけの居酒屋でバイトしてたんだよ」

「ああ、そうなんですか」

青年はすぐに納得の表情を見せた。

「だから、見学するなら知り合いのいる劇団にしようと思ったんだけど、前もって連絡すればよかったな。いつもいるもんだと思ってた」

「最近は毎日、顔を出してますよ。今日はたまたまオーディションに行きました」

「オーディションって、他の舞台の?」

劇団内のことなら、この青年がこんな他人事のようには言わないだろうし、定期公演も済んだばかりだから、『SORA』の舞台でないことは確かだ。征充はそう考えて、何気なく尋ねただ

けだった。だが、返ってきた言葉に息を呑《の》む。

「いえ、テレビドラマです」

遼太郎のテレビ嫌いは、劇団内での出来事が原因になっているから、劇団員は皆、知っているものと勝手に思い込んでいたが、そうではないのだろうか。青年は珍しいことでもないというふうに、淡々と応えた。

「でも、あいつは……」

「ああ、ドラマが嫌いだって話ですか？」

征充が言い淀んだ言葉を、青年は先読みして問いかけてくる。

「俺はそう聞いてたんだけど」

「なんか急に気が変わったらしくて、事務所に貼り出してあったオーディションの案内を見て、受けてみるって言い出したんですよ」

座長の三俣がよく映画やドラマに出演しているから、『ＳＯＲＡ』では珍しいことではないのか、青年はさして疑問を持った様子もない。だが、征充は簡単には納得できなかった。

「すぐには信じられないな。あいつはテレビ局で働いてる俺の前で、テレビは嫌いだって言った男だよ？」

「すみません」

征充は責めたつもりはなかったのだが、青年が遼太郎に代わり頭を下げる。

「ああ、いや、それは全く気にしてないからいいんだけどさ。遼太郎の奴、どういう心境の変化なんだろ」

あまり興味津々なのも勘ぐられるかと、征充はさりげなく話を振ってみた。けれど、青年はさあと首を傾げる。

「あいつ、無口だから、ちょっと行ってきますって言っただけで、詳しく話してくれないんですよ」

その姿は容易に想像できる。聞き上手だが、自分のことはよほど問われない限り話さないのが遼太郎だ。だから、征充は知り合ってからしばらくの間、遼太郎が役者であることを知らなかった。そう考えると、オーディションのこともバイトを辞めることも、征充が聞かなかったから答えなかっただけかもしれない。それに一週間前は、予想外に衝撃的な行動に出てしまい、ゆっくりと話をする暇もなかった。

そんなことを考えたせいで、急にあの夜の遼太郎の熱さを思い出してしまった。店の二階で互いのものに触れ合ったときの感触が、まざまざと蘇る。

「何時に終わるかわからないから、今日はもう戻らないって言ってました」

青年の現実的な言葉が征充を過去から現実に引き戻す。

「うちのじゃないよね？」

征充は記憶を辿りながら、確認を求めるように尋ねた。ドラマ班ではないため詳しくは知らないが、オーディションが行われるという話は聞いていないし、新人を起用するようなドラマを制作するという話も耳にしていない。

「確か、テレビ西都《さいと》です」

それだけ聞けば、後は自分で調べられる。征充は遼太郎の話を切り上げ、唐突に思われない程度に稽古風景を見学してから、その場を立ち去った。

建物の外に出ても、まだ明るい。仕事でもないのに、こんな時間にこれほど活発に動き回るのは久しぶりだ。しかも、その理由が年下の男を追いかけてなのだから、あまりにも自分らしくなくて笑うしかない。

けれど、征充は追跡の手を緩めなかった。歩きながらジャケットのポケットから携帯電話を取り出し、登録してある番号を呼び出す。

『久しぶり。どうした？』

呼び出し音が二回響いた後に聞こえてきた声は、テレビ西都制作部プロデューサーの朝倉《あさくら》のものだ。朝倉とは芸能事務所主催のパーティで知り合い、バラエティ専門とドラマ一筋と畑は違ったが、妙に気が合って、以来、交流を持つようになっていた。

「今日、そっちでドラマのオーディションをしてないか？」

『ああ、やってるぞ。久しぶりの学園ものでな』

前置きも挨拶もなしに問いかけた征充に対して、朝倉は非礼を咎めもせずに答える。忙しいのはお互いさまで、直接会っても、電話でも、無駄な話をしたことがほとんどない。そんなところも気が合う理由の一つだった。

「何時から？」

『なんだ？　藤崎も受けようってか？』

「年齢制限に引っかかるだろ」

征充は笑いながら、朝倉の冗談に軽口で返す。

『お前なら、まだまだイケるんじゃないか？』

「じゃなくて、知り合いが出るらしくてさ」

『名前は？　少しくらいなら無理を聞くぞ』

「そんなことは頼まねえよ」

征充は即座に断った。遼太郎がドラマ嫌いになったきっかけを考えれば、コネを使うことをきっと喜ばないはずだ。

「だいたい何時くらいに終わるかを知りたいだけなんだよ。最近、会えてないから、待ち伏せして驚かせてやろうと思ってな」

『物好きだな、お前も』

呆れたように笑いながらも、朝倉はオーディションの詳細を教えてくれた。場所はテレビ西都局内の会議室で、午後三時から順に始まり、遅くとも五時には終わるだろうということだった。中には入れなくても、出入り口で待ち伏せするのは自由だ。

朝倉との電話を切った時点で、午後四時前だった。遅くて五時なら、順番さえ早ければもっと前に終わる可能性は高い。

征充は通りかかったタクシーを呼び止め、テレビ西都へと急いだ。

もう三十分以上、征充はこうしてテレビ西都の局前で、まるでアイドルの出待ちをするおっかけのように、遼太郎が出てくるのをひたすら待っていた。

会ったら何を話すかは、具体的に考えていない。とにかく会うことしか考えていなかった。あの夜のことも話していいものかどうか。それすらも決めかねているのに、会いたい気持ちが勝り、遼太郎を追いかけた。

こんな感覚は久しぶりだ。待ち続けても会えるかどうかわからないのに、胸が高鳴るようなドキドキ感がある。だから、三十分という待ち時間も全く苦痛にならずに済んだが、楽しい時間はここまでだった。

ドクンと心臓の鼓動が一際、大きく跳ねる。征充の瞳の中に、遼太郎のスラリとした姿が映り込んだからだ。

遼太郎は一人だった。マネージャーなどつく身分ではなく、また駆け出しの役者である遼太郎に注目する人間は征充以外には誰もいない。遼太郎もまた、誰かに声をかけられることも想像していないのだろう。局から最寄り駅に向かう進行方向しか見ていなかった。つまり、反対側にいた征充には気付かず、その前を通り過ぎようとする。

「ちょっと薄情なんじゃねえの？」

征充は名前を呼びかけることなく、遼太郎の足を止めた。いきなりで意味のわからない言葉だ

ったろうに、征充の声が遼太郎を振り向かせたのだ。

「藤崎さん……」

遼太郎は呟いたきり、続く言葉が出ないほど驚いていた。まさか、他局の前で遼太郎に会うとは、夢にも思っていなかった顔だ。

「やっと会えた」

遼太郎の驚きが征充に余裕を持たせる。征充はニヤリと笑うと、自分から遼太郎へ近づいていった。

「どうしてここに？　お仕事ですか？」

遼太郎は驚きからまだ立ち直れていないらしい。返事もしないうちに次の質問をぶつけられ、征充は苦笑いする。

「他局でどんな仕事だよ。俺は自分とこだけで手いっぱいだっての」

「あ、すみません」

律儀に頭を下げる姿は、一週間前と何も変わっていない。急にアルバイトを辞めたり、ドラマのオーディションを受けたりするような心境の変化は、見た目からは感じ取れなかった。

「俺がここにいるのは、お前を待ち伏せするために決まってるだろ」

「俺を？」

遼太郎はさっきよりも驚愕《きょうがく》した様子で、まじまじと征充を見つめる。

「そうでもしなきゃ、会えないだろ？」

「電話してくれれば……」

「電話番号？　どこのだよ」

征充が指摘すると、遼太郎はあっと言葉を詰まらせた。一週間前までは、二人の関係は居酒屋のアルバイトと常連客というだけで、店に行けば会えるのだから、電話番号を交換し合う必要はなかった。そのことを遼太郎も思い出したのだろう。

「おまけにバイトを辞めて、黙って引っ越しちまうし」

「すみません」

征充に責められ、引っ越しを征充に知らせなければならない理由などないのに、遼太郎はまた頭を下げる。

「ま、それはさておきだ。オーディション、どうだった？」

ずばり核心を突くと、遼太郎はいたたまれないとばかりに瞳を伏せた。出来が悪かったという自己判断からではなく、ドラマは嫌いだと言っていたことを気にしているのだろう。

「おいおい、それじゃ、俺がいじめてるみたいだろ」

征充は苦笑いを浮かべるしかない。事情はわからなくても、遼太郎が新しいことに挑戦しようとしているのなら応援したいという気持ちはあるのだ。

「もっとちゃんと話したいから、場所を変えないか？　いくら人があんまり歩いてないっていっても、やっぱり他局の前じゃ、落ち着かないわ」

征充は社員証をつけた男が、征充たちを横目で見ながら通り過ぎていくのに気付き、遼太郎にそう提案した。征充は業界内では、割と知られているほうだ。しかもこのルックスのせいで、名前だけでなく顔まで知られている。いつまでもここに留まっていれば、そのうち誰かに見つかってしまうかもしれない。

「あ、じゃあ、えっと……」

遼太郎にもすぐに話を終わらせるつもりはなかったらしい。適当な場所を探すように、周囲を見回したが、

「どこかいい店でも知ってればいいんですけど、この辺りはほとんど来たことがなくて……」

「俺もだよ」

申し訳なさそうな顔の遼太郎に、征充も同じだから気にするなと告げる。他局に来る機会などそうあるものではないし、仮にあったとしても、この近くの店では落ち着かないのは同じだ。

「ここからなら、俺んちが結構近い。来ないか？」

征充は少しだけ考えた後、もっとも適していると思う答えを口にした。自宅マンションまではこの時間ならタクシーを二十分も走らせれば着くだろう。当てもなく落ち着ける店を探し回るよりは早いし、込みいった話もできる。

「お邪魔してもいいんですか？」

誘ったのは征充なのだから、当然、嫌ならそんなことは言わない。けれど、遼太郎は意外そうに尋ねてくる。

「ああ。お前がいいならな」

「それじゃ、お邪魔させてください」

「オーケー。行こうか」

話が決まれば、征充の行動は早い。

「あれに乗るぞ」

征充は遼太郎に宣言し、玄関前で客待ちをしているタクシーに向かって歩き出す。遼太郎が慌てて後を追いかけてくるのが、その足音と気配でわかる。互いにこの後の予定がないなら、そこまで急ぐ必要はないのだが、早く遼太郎とゆっくり話をしたくて、自然と急ぎ足になってしまうのだ。

タクシーの後部座席に並んで乗り込み、征充が自宅マンションの場所を告げると、それを隣で聞いていた遼太郎が感心したような口調で言った。

「都心《としん》なんですね」

征充が一人で暮らすマンションは、遼太郎の指摘どおり都心の、しかも山手線《やまのてせん》の内側という非常に便利な場所にある。仕事が不規則で遅くなることもしょっちゅうだから、少々、家賃が高くても便利さを選んだのだ。

「お前んとこだって、ほぼ六本木だったじゃないか」

タクシーが走り出してから、征充は先日まで遼太郎が間借りしていた、『花吹雪』の二階を思い浮かべながら反論する。風呂さえない場所だったが、交通の便だけは征充のところに負けていない。

「あれは大将の厚意で……」

「わかってる。だから、住む場所なんてたいした問題じゃないって言ってるんだよ」

征充の住所を聞いて、遼太郎が線を引いたような気がしたから、征充は普段言わないようなことをわざわざ口にする。年の差や職業、征充と遼太郎とでは違うところはいくつもある。けれど、それはあくまでも立場だけのもので、人間としての本質の差ではないはずだ。

「で、今は仲間のところに居候だって？」

征充は話題を切り替えるために、わかっていることを尋ねてみた。

「どうしてそれを？」

「稽古場に行ってきた。お前が今日、オーディションだってこともそこで聞いたんだ」

「そうだったんですか……」

それだけで遼太郎はわかったように頷き、誰が話したかなどは追及してこなかった。口止めをしているわけでもなかったようだ。

「その仲間の部屋は、お前が居候できるほど広いのか？」

「いえ、広くはないですけど、風呂があるんですよ」

遼太郎の口ぶりはどこか得意そうに聞こえ、征充はこっそりと笑いを堪えた。年下だとは充分に承知していたつもりだが、改めてかわいいと思える若さに気付かされる。

「実家はどこなんだ？」

「栃木《とちぎ》です」

答える遼太郎の声に淀みがないのは、やはり隠すつもりがあったのではなく、聞かれなかったから言わなかっただけにすぎないからだろう。

「じゃ、通うのは無理だな」

「はい。そのほうが高くつきますから」

当たり障りのない会話ばかりして、本当に知りたいことには触れない。それは運転手の耳を気にしてのことだ。二度と会うことのない相手でも、大事な話を聞かせたくなかった。

タクシーはやがて征充のマンション前へと到着する。征充が支払いを済ませている間に、先に降りた遼太郎がその場に留まり頭上を見上げている。

「どうした?」

征充は車を降りてすぐ、遼太郎のその背中に問いかける。

「すごく立派なマンションですね」

遼太郎は十五階建てのマンションを見上げ、寂しそうに呟いた。さっき仲間の部屋には風呂があると得意げにしていた遼太郎からすれば、別世界のものに見えるに違いない。

「まあな。他に金のかかる趣味もないし、住むところくらいは張り込んだんだよ」

征充はあえて謙遜はしなかった。赤坂《あかさか》から車で二十分の場所にある高層マンションで、しかも築年数が浅いとなれば、家賃がそれなりに高額なのは誰の目から見ても明らかだ。だから、下手な誤魔化しはかえって遼太郎に失礼だと考えた。

「ほら、中に入るぞ。せっかく部屋の真ん前まで来てるのに、立ち話することもないだろ」

征充は遼太郎の背中を押し、マンションの中へと誘った。おとなしくついてくる遼太郎を連れ、エレベーターに乗り込み、自室のある十一の階数ボタンを押す。それから、エレベーターが動き出し、その十一階に着いても、遼太郎は無言だった。ここまでくれば部屋はすぐそこで、焦る必要もないと、征充もあえて話を振らなかった。

結局、部屋に着くまで、二人は黙ったままだった。

「そこにでも座っててくれ。いつもの礼に、今日は俺が熱いコーヒーでも入れるよ」

征充は場を和《なご》ませるためにと、自分も落ち着くために、本題を切り出すのは後回しにして、先にキッチンへと向かった。遼太郎にはリビングのソファを勧めたが、窓際に歩み寄り階下を見下ろして座る気配はない。

タクシーを降りたときから、正確には征充の暮らすマンションを見てから、遼太郎の表情はずっと塞いだままだった。そのうち元に戻るだろうと、あえて理由を聞かなかったのだが、あまり気の長くない征充は、我慢できずに遼太郎に近づいていった。コーヒーの支度はカップを並べただけで中断する。

「夜景が珍しいか？」

征充の問いかけに、遼太郎は背中を向けたままで頷く。

「こんなにゆっくりと見るのは、上京してから初めてです」

「そうなのか？　俺は結構、いろんなところの夜景を見尽くしてるぞ」

仕事柄もあるし、彼女がいたときには喜ばせるために自分の趣味でなくても、夜景の見えるレストランに行ったりもした。だから、征充にとっては今更の景色なのだが、遼太郎には違ったようだ。その口から感嘆の溜息が漏れる。

「すごいですね。こんなに綺麗な夜景の見えるマンションで暮らしてるなんて」

「さっきからどうした？」

遼太郎にしては珍しく卑屈にも見える態度に、征充は重ねて問いかけた。おぼろげながら、この態度が遼太郎が急に芝居に打ち込みたいと言い出したことに関係がある気がして、確かめずにはいられなかった。

「やっぱり俺とは全然、違う。今のままの俺じゃ、藤崎さんと釣り合いが取れないなって、改めて思い直してました」

「釣り合い？」

どうしてそんなことを考えたのか、征充はそれこそ今の状況に不釣り合いな言葉を聞いた気がして、驚いて問い返した。

「藤崎さんと比べると、自分が中途半端なことを思い知らされるんです。役者として半人前でアルバイトで生計を立てるしかなくて……」

「役者なんて、大半がそんなもんだろう。それにアルバイト三昧でも、ちゃんと自立してんだから、問題ないんじゃないのか？」

「そう思ってました」

遼太郎は塞いだ表情で、さらに言葉を続ける。

「だから、先輩たちが経済的なことで、彼女に引け目を感じるとか言ってるのを聞くと、不思議に思ってたんです。でも……」

「でも？」

征充は唇の乾きを感じながらも、なんとかその先を促した。遼太郎の言い淀んだ言葉の先を、気持ちが勝手に期待したせいだ。征充との釣り合いの話をしている最中に、先輩の彼女とのことを持ち出してくる。遼太郎が征充をどう思っているのか。薄々は気付いていても、さらに確信へと近づいた。

「やっと先輩たちの気持ちがわかりました。せめて対等になりたいってことだったんですよね」

しみじみと遼太郎が口にする先輩の気持ちは、征充にもわかった。やはり男のプライドとして、デートをするなら奢りたいし、記念日にはプレゼントの一つも贈りたい。けれど、生活するだけが精一杯の生活では、そんな余裕もないのだろう。彼女も同じ劇団員なら後ろめたさも引け目も感じなくて済むが、

「で、その話と俺とどう関係するんだ？」

「この間、襲われかけたって言ってた日、苫篠さんと会ってたんですよね？」

予想外の質問で返され、征充は言葉に詰まった。あの日の夜の相手が苫篠だということを、征充はもちろん誰にも話していない。苫篠も話すはずがないし、そもそも遼太郎とは面識がないのだから、その可能性はない。

「お前、なんで……」

「三俣さんがあの日、苫篠さんと本読みの現場で一緒になったんだそうです。それで、その後、みんなで食事に行こうと盛り上がったのに、苫篠さんは藤崎さんと約束してるからって……」

そのときそう話した苫篠も、まさかあんな展開になるとは思っていなかっただろうし、三俣もそんな想像すらしていないから、どちらも簡単に征充の名前を出せた。だが、結果を知っている遼太郎にはそれだけでわかってしまった。

「あんなに実力もあって人気もある苫篠さんでも駄目だったんですよね？　だったら、俺はどうしたら藤崎さんに近づくことができるのか、真剣に考えました」

期待は確信に変わった。遼太郎は絶対に自分のことを思ってくれている。けれど、征充は自然と綻びそうになる顔を引き締めた。せっかくの告白を邪魔する真似はしたくなかったからだ。

「俺に近づくって、もう充分、近くに……」

「友達としてじゃ、嫌なんです」

遼太郎が驚くほど強い口調で征充を遮った。

「この間、勢いであんなことをして、でも、それでわかったんです」

遼太郎はそこで一度、言葉を切ると、真剣な瞳でまっすぐに征充を見つめてきた。征充もまた目を逸らさずに受け止め、見つめ返す。

「俺は藤崎さんのことが好きです。たぶん、前から好きだったのに、あの瞬間まで気付けなくて……」

あの瞬間が初めて互いに触れたときのことだとは、説明されなくてもすぐにわかった。何故なら、征充も同じだったからだ。

「衝動が抑えられないなんてこと、それまで一度もなかったんです。自分では冷静な人間だと思ってました。それなのに藤崎さんの前に出ると駄目なんです」

情けない顔の告白は、征充の胸を打つ。架空の世界を作り出すテレビ業界にいるせいで、様々な愛の表現方法を見たり聞いたりしてきた。けれど、それらのどんな台詞よりも今の告白は胸に響いた。

「それで俺の前から姿を消したのか？」

まさかと思いつつも問いかけずにはいられなかった征充に、遼太郎はコクリと頷いた。

芝居に集中したいという気持ちも嘘ではなかったのだろうが、それでも全てのバイトを辞めるのは、かなりの勇気が必要だったはずだ。『花吹雪』だけでも残しておけば、住むところをなくさずに済むのにそうしなかったのは、そこが征充との唯一の接点だったからだ。

「苦手だったドラマのオーディションに挑戦したのも、俺が原因か？」

「原因っていうか、きっかけになりました。いつまでも過去の些細なことに囚《とら》われてたら、役者として成長できないって気付いたんです」

「で、成長して苫篠と張り合う役者になるまで、俺の前には現れないつもりだったのか？」

図星だったらしく遼太郎は言葉に詰まる。

「俺はそんなだいそれた人間じゃないぞ。ただの雇われディレクターだ」

「でも、俺とは違います。俺は芝居だけで食べていくことができてない、半人前です。藤崎さんは自分の企画でいくつも番組を作って、認められてるじゃないですか」

「でも、俺の番組を見たことなんかないんだろ？」

テレビを見ない遼太郎のことだから、三俣からでも聞いたのかもしれない。そう思って尋ねたのだが、予想外の答えが返ってきた。

「いえ、見ました」

「見たって、いつだよ」

征充は訝《いぶか》しげに問いかけながら、現在、放送中で見られる番組を頭に思い描く。あの夜からなら、見られたのは二番組だけしかない。

「この一週間で見られるだけ……。DVDになってるのもあったんで、それも借りて見ました」

「マジで？　よく俺の番組だってわかったな」

征充は驚くしかなかった。テレビドラマのDVD化は珍《めずら》しくないが、バラエティ番組でも好評なものならそうなることもたまにある。征充も過去にヒットした番組のスペシャル企画だけ、DVDになっていた。だが、それが征充の担当した番組だとよくわかったものだ。レンタル店に行っても、出演者名、番組名しか表には出ていないはずだ。

「三俣さんがテレビ局の人に聞いてくれたんです」

「なんでそこまで……、今のだけでいいよ」

若い頃の番組を見られたことの気恥ずかしさから、征充はそう言った。過去の作品を否定するつもりはないが、やはり若さゆえの勢いばかりが目についてしまい、自分ではなかなか見直すことができないでいた。

「今の俺と同じ年のときに、藤崎さんはもう自分で番組を作ってたって聞いて、どうしても見たかったんです」

「どうだった？」

「面白かったです。つまらない意地を張って見てなくて、損しました」

遼太郎は照れくさそうに笑う。

「でも、そのおかげでドラマにも挑戦しようと思えたんです。経験もしないうちから嫌いだなんて言わずに、判断するのは経験してからでも遅くないと思って……」

「それで、あのドラマのオーディションか」

征充はさっき受けたメールを思い出して頷いた。遼太郎が受けたのは、普段、舞台を中心に活動している脚本家が、脚本を担当するドラマのオーディションだった。その情報をテレビ西都の朝倉が、電話の後、メールで教えてくれたのだ。遼太郎はまずは身近に感じられるところから入ろうとしたのだろう。

「感触は？」

「そんなの感じる余裕なんてありませんよ」

遼太郎はとても役者とは思えないような気恥ずかしげな笑みを浮かべ、

「舞台以外で、初めて劇団員以外に芝居を見せたんです。やっぱり、ちょっと緊張もして……」

「そのうち慣れるさ」

征充はあえて期待を持たせるようなことは言わなかった。遼太郎のルックスなら充分にテレビ映えしそうだが、制作サイドが何を求めているのかはわからない。大丈夫だなどと迂闊なことは言えなかった。

「で、その結果はいつ出るんだ？」

「受かってたら、明日、連絡があるそうです」

たった一日でも、待つ身ではやたらと長く感じるものだ。遼太郎も結果を気にしていないように見えても、実際は落ち着かないでいるに違いない。

「受かってるといいな」

「最初から、そんな上手くはいきませんよ。でも、オーディションを受けたこと自体が、いい刺激になりました」

「そうか？」

「これまで劇団の中にしかいなかったから、テレビの役者と知り合う機会がなかったんです」

遼太郎によると、オーディション会場には同年代の役者がたくさん来ていて、テレビだけの役者やドラマ経験のないモデルもいたらしい。遼太郎は饒舌《じょうぜつ》なほうではないが聞き上手だ。初対面の彼らとも上手く情報交換を兼ねた交流が図れたようだ。

「お前は俺を見て半人前だと焦ってるのかもしれないけど、俺もお前を見て焦ってるんだよ」

ようやく本心を見せてくれた遼太郎に、征充もつい本音が零れる。

「藤崎さんが？」

遼太郎が目を見開き、驚いた顔で問い返してくる。

「当たり前だけど、俺にはお前と同じだけの若さがない。年齢はもちろんだけど、経験を積んだ分だけ、新鮮さを失ってる。テレビはそれじゃ、駄目なんだよ」

征充は常日頃、感じている焦りを口にした。日々、新しいものを追い続ける業界だから、制作サイドはそれに対応できる若さを求められる。けれど、若いだけではいい番組を作れない。経験を積みながらもいつまでも新鮮さを失わないでいなければならないのだ。

「だから、似たようなもんだって」

「でも……」

遼太郎は自分とは違いすぎると言いたいのだろう。再び室内に視線を泳がせる。だが、そんな些細な理由で、遼太郎を引かせるわけにはいかない。

「収入や住んでるところの違いなんて、たいしたことじゃないって、さっき言わなかったか?」

「聞きました」

「この先、お前が売れっ子になったとき、俺がお前とは立場が違うからって、距離を取ったらどう思う?」

征充は考えさせる隙など与える間もなく、さらに畳みかけた。

「間違ってると思うだろ?」

「……思います」

ようやく自分の拘りがおかしいと気付いた遼太郎が、素直に頷く。これでもう後は征充が自分の気持ちを伝えるだけだ。

「あのさ、話が逸れたんだけど……」

勢い込んで切り出したものの、征充は言葉を詰まらせる。好きだとか愛してるだとか、そんな直接的な台詞は、思い返してみればもう何年も口にしていない。けれど、間接的な言葉では、この恋愛に疎そうな遼太郎には通じないだろう。

「俺も、その……なんだ、ほら……」

「藤崎さん？」

案の定、遼太郎は全く征充の想いには気付いていない。急に歯切れが悪くなった征充に、きょとんとした顔で呼びかける。

「いい加減、気付けよ。鈍すぎるだろ」

気恥ずかしさがピークに達した征充は、遼太郎の腕を摑んで引き寄せ、バランスを崩した体をソファへと押し倒した。

「え、あの、藤崎さん？」

焦った声でこの行動の意味を問いかけてくる遼太郎に、征充は完全に切れた。

「なんとも思ってない奴と、あんなことするかっての。それにこのくそ忙しい俺が、お前の居場所を捜して待ち伏せしたのはなんでだと思う？」

どうしてもはっきりとした言葉では気持ちを伝えられない代わりに、征充は遼太郎にのしかかり真剣な声音で訴えた。

遼太郎がハッと気付いたように目を見開き、信じられないと見つめてくるのに、征充は無言で頷いて返した。

「でも、それじゃ、俺に都合がよすぎます」

「俺もさっきそう思った。お前の告白を聞いてさ」

征充は照れ笑いを浮かべる。

「おまけにすごくストレートな言い方されて、これまで誰に告白されたより感動したんだけど、どうしてくれんの？」

「どう……って？」

躊躇いがちな瞳も征充の庇護《ひご》欲を駆り立てる。遼太郎は頼りなくも情けなくもないのに、何かしてやりたいと思わせる。真面目さゆえに損をしているのではないか、世慣れた自分が助けてやらなければと思ってしまうのだ。

「感動したついでに興奮した」

征充はそう言うなり、遼太郎の腕を取って自らの中心へと導いた。遼太郎にのしかかり体を密着させたことで、僅かに体に変化を来《きた》し始めていたことが、これで伝わった。遼太郎は驚いた顔を見せたが、その手を引き離そうとはしない。

「また……、してもいいんですか？」

「俺がする気になってるの、わかんないか？」

征充はさらに熱くなった体を押しつける。

「わかります」

遼太郎が力強く答え、征充の背中に手を回してきた。やっと行動を起こしてくれたことが嬉しくて、征充の頬が緩む。

二人の顔の距離が近づく。征充から顔を寄せただけでなく、下にいる遼太郎もまた首を上げていたからだ。互いに求めているものが同じなら、行動を躊躇う理由はどこにもない。

一週間ぶりの二度目のキスには、初めてのときのようなぎこちなさはなかった。それどころか、気持ちが通じ合っているとわかったからだろうか、初めてのときよりももっと体の芯《しん》から熱くなるほどに感じる。

抱き合うように重なり合っているから、体の変化は隠しようがない。キスの前にも変化の兆《きざ》しはあったが、今ははっきりと互いに昂っていた。征充は唇が離れると、遼太郎の昂ったそこに手を伸ばす。

「藤崎さん、そんなにされると、俺……」

征充が軽く手を動かすと、遼太郎が思わずといったふうに腰を引く。

「時間はたっぷりあるんだ。何回、イったっていいだろ」

互いにこの後、何も予定がないのだから、時間を気にして急ぐ必要はないし、誰かに邪魔される心配もない。仮に遼太郎がすぐに達してしまっても、まだ若いのだからすぐに回復するだろう。

「だから、気持ちいいなら素直に感じてろよ」

リードするのは征充の役目だ。どんなに体は昂っていても、遼太郎はきっと遠慮して自分から先に進もうとしないはずだ。

征充は遼太郎のジーンズのボタンを外し、ファスナーを引き下ろし、下着もずり下げた。昂りが勢いよく現れる。前回と変わらず、男のプライドを刺激する大きさだった。

ゴクリと生唾を飲み込み見とれている隙に、遼太郎の手が征充のパンツにかかる。征充から動いたことで、遼太郎の遠慮が薄れたようだ。

征充は自分でも不思議だった。それなりに経験を積んできて、相手は女性に限られていても、こんな状況には慣れたつもりだった。それなのに遼太郎が相手になると、そんな経験は役に立たず、余裕をなくす。まだ互いに前だけをくつろげて下着を引き下げただけの状態なのに、もう待ちきれずに早く触れたくて手を伸ばしてしまう。

「……っ……」

熱く猛《たけ》った屹立を征充が軽く扱くと、遼太郎が息を詰める。だが、遼太郎もされるばかりではなかった。負けじと同じように手を動かし始める。

そこからはもう言葉はなかった。その代わり、耳元では遼太郎の熱い息づかいが聞こえる。抱き合うような体勢だから、征充の顔は遼太郎の肩口に、遼太郎もまた征充の肩に顔を埋めている。だからきっと、征充の荒い呼吸も気付かれているに違いない。静かな室内では、こんな微かな音ですら、大きく響く。

細かな息づかいは聞こえるのに、肝心の昂りは二人の体に挟まれて見えない。何をされているのか、実際に目で確認できないことで、余計に興奮が増し、ますます体が昂ってくる。

「もっ……ヤバイ……」

征充は恥ずかしいと感じる余裕もなく、先に音《ね》を上げた。遼太郎の手の中で、征充の中心ははちきれんばかりに膨張している。

「俺もです……」

遼太郎の屹立もまた、征充の手を先走りで濡らし、限界を訴えていた。二人は解放を目指して、激しく擦り上げる。

「うっ……はぁ……」

その瞬間、征充は息を吐き、遼太郎は息を詰め、二人はほぼ同時に互いの手の中で終わりを迎えた。

濡れた手のひらを気持ち悪いと思うこともなく、征充は性急に追い上げられ達したことにより、息が整わない。遼太郎の上から体を退《ど》かせ、ソファの背もたれに背中を預けて、肩で大きく呼吸を繰り返す。そういえば、最近、忙しさにかまけ、自慰すらしていなかった。射精感を味わうのは、遼太郎の手によって促された一週間前以来だ。

きっと若さのせいだろう。同じように荒い息づかいだったはずの遼太郎は、もう呼吸を落ち着かせ、ソファから体を起こした。そして、中心を隠すように征充に背を向ける。

「あの……、トイレを貸してもらっていいですか？」

よほど照れくさいのか、遼太郎は征充の顔を見ずに言った。

「何をするんだ？」

わかっていながら、征充は意地悪く問い返す。射精は共に互いの手のひらで受け止めたものの、完全に拭き取れてはいない。あの夜と同じで、遼太郎はそれを拭き取ろうとしているのだろう。これで終わりなら、トイレだろうが風呂だろうが、自由に使ってくれてかまわない。だが、征充はここで引き下がるつもりはなかった。それなら最初から誘いをかけたりしない。

「何って、あの……」

遼太郎は振り返り、赤くなった顔を上げて口ごもる。質問の意味がわからないのではなく、目的がわかっていながら問いかける、征充の意図がわからない顔だ。

「遼太郎は幾つだっけ？　二十四だよな？」

急に話を変えた征充に対しても、素直な遼太郎は頷いてそうだと答えた。

「俺は三十だよ。そんないい年の男が、これだけで満足できると思うか？」

征充は身繕いもせず、濡れた股間を露わにしたままで、思わせぶりな視線を遼太郎に向けた。

遼太郎は言葉もなく見つめ返してくる。

「お前はさ、この先もしたいとか思わないわけ？」

遼太郎には間接的な物言いでは伝わらない。征充は徐々に核心へと迫る言葉を紡ぎ出す。遼太郎がどんなふうに考えているのかを知りたかった。

征充が見つめる中、遼太郎はその音が響くほどに大きく生唾をゴクリと飲み込んだ。遼太郎にも征充への欲望がある。けれど、我慢をしていただけなのだと、その音に気付かされる。

征充は最後の駄目押しをするために立ち上がり、無言で身につけていたものを順番に脱ぎ捨てていく。最初は既に乱れていた下半身から、パンツも下着も取り去った。それでもシャツの裾《すそ》が大事な場所を隠している。遼太郎の視線を充分に意識しながら、シャツのボタンを外していくと、男の体が完全に露わになる。

「見てのとおり男の体だけど、俺とやりたいって思うか？」

怯《ひる》みそうになる気持ちを奮《ふる》い立たせ、征充は思いきって尋ねた。無理だと言われたらとか、遼太郎が萎えてしまったらとか、不安要素は山ほどある。けれど、始めてから挫折《ざせつ》されるよりは、今、答えを聞くほうがショックは少ないと考えた。

遼太郎は迷わなかった。まっすぐに征充を見つめ、大きく頷く。それだけでなく、遼太郎の中心も答えをくれた。男である征充の体を見て、達したばかりだというのにもう力を取り戻している。

「でも、あの、男の人としたことなくて、きっと下手だと思うんですけど、いいですか？」

遼太郎が情けない顔で問い返してくる。あまりの礼儀正しさ、生真面目さに、こんな状況だというのに、征充は噴き出してしまう。

「俺だってないよ。けど、知識だけはあるから、なんとかなるだろ」

遼太郎を落ち着かせるために、征充はそう嘯いた。これまで自分で経験することになるとは思ってもみなかったから、聞きかじりの知識しかない。初めて同士、本当ならもっと詳しく情報を得てからのほうがいいのだろうが、今の気持ちと勢いを失くしたくなかった。

「あっちが寝室だ。先に行っててくれ」

征充は1LDKのマンションで、まだ遼太郎を案内していなかった部屋のドアを指さした。寝るためだけにしか使っていない部屋だ。このままここで続きをしたほうが、勢いを維持できていいのかもしれない。けれど、征充には準備があり、その姿は現実感を醸し出すから見せないほうがいいと判断した。

遼太郎は言われるまま、少し前屈みになって寝室へと消えていく。征充はそれを確認してから、リビングを見渡した。

僅かばかりの知識でも、男同士のセックスがどこで結ばれるのかくらいは知っているし、そこが簡単には受け入れられないこともわかっている。だから、そのために何か潤滑剤の代わりになるものがないかを探すつもりだった。きっと遼太郎はそこまで考えが至らないだろうし、誘ったのは征充なのだ。

チェストの引き出しには、買い置きの薬が入れてある。確か、以前にアカギレを起こしたとき、購入した軟膏《なんこう》があるはずだと、中を探り見つけ出す。これなら何とか代わりになりそうだ。征充はそれを手にしたところで、自分の行為がおかしくて笑ってしまった。必死になって男に抱かれる準備をしているのがおかしかったのだ。

男同士だから、どちらが抱かれる側になるのかは決まっていない。それなのに征充は自分がそうだと決めていた。体格の差ではなく、遼太郎になら身を預けてもいいと思えた。遼太郎が与えてくれた癒しの効果のせいだろうか。

征充の視線がふともう用のないはずの引き出しの奥を捉えた。

「これもいるか」

小さな声で呟き、征充は再度、手を中に入れる。そこにはしばらく使っていなかった、コンドームの袋があった。最後に付き合った彼女と別れて以来だから、もう一年近くになる。その久しぶりのセックスが、年下の男とだというのが自分でも信じられない。

けれど、征充はそれらを手に、その信じられない行動を取らせる原因になった男の元へと急いだ。

「悪い。待たせ……」

ドアを開け放した寝室に、詫びながら足を踏み入れた征充は、目の前の光景に息を呑む。待つ間に全裸になっていた遼太郎が、所在なさげに立ちつくしている。

自分と同じ男の体で、珍しいものではない。おまけに征充はディレクターという職業柄、画面上はぼかしが入っているが、撮影現場では芸人が全裸になることもよくあり、他人の裸も見慣れている。それなのに遼太郎の体には視線を奪われ、見ているだけで体が熱くなる興奮を覚えた。

征充だけでなく、遼太郎もまた言葉もなく、征充を見つめるだけだ。二人共裸で立ちつくしている姿は、第三者が見ればさぞかし間の抜けた光景だろう。だが、今の二人にはそんなことに気付く余裕はなかった。この後、どうやってベッドへと導いたのかさえ、過去に何度も経験しているはずなのに思い出せない。

「とりあえず、ベッドに上がろっか」

結局、自分でも呆れるような芸のない誘い文句しか浮かばなかったのに、遼太郎はおずおずとその言葉に従った。そして、どうしていいかわからないと、ベッドの上で正座する。

「おいおい、正座はないだろ」

遼太郎のその姿が征充に余裕を取り戻させる。征充はフッと笑ってから、同じようにベッドへと続いた。向かいに座ってもまだ姿勢を正したままの遼太郎の肩を突き、ベッドへと押し倒す。

「仕切り直しだ」

征充は遼太郎に覆い被さり、改めてキスから始める。さっきと違うのは、二人とも何一つ身につけていないことだ。重なり合った肌から、熱い体温が伝わってくる。

軽く触れるだけだった口づけが、やがて舌を絡め合い、唾液《だえき》が混じり合うほどの激しいものへと変わっていったのは、ごく自然な流れだ。背中に回されていた遼太郎の手が、強く征充を拘束《こうそく》し、遼太郎からももっともっと深いキスを求められる。

「んっ……ふぅ……」

キスの合間に漏れ出た吐息は甘く掠れる。どれだけ感じているかは、互いに押しつけ合う昂りが証明しているから、声を押し殺す必要はなかった。

二人で扱き合い、達したのはほんの数分前のことだ。それなのにもう遼太郎の感触を欲しいと感じている。そのためにはもっと先に進みたい。そんな思いが征充を動かした。

「そのままちょっと待ってろよ」

征充はそう言って、仰向けに寝かせた遼太郎の腰を跨ぎ、膝立ちになる。

何を始めるのかと遼太郎が見つめる中、征充はそばに置いていた軟膏のチューブを摑み、中身をたっぷりと指の先に捻り出す。どれくらいが適量なのかはわからないが、多いに越したことはないだろう。

過去のセックスで後孔を使ったことは一度もない。征充はごくノーマルな性癖の持ち主で、風俗に行く趣味もなければその必要もなかった。だから、後ろに手を回すことさえ、抵抗があるのだが、その気持ちを必死に押し殺し、固く閉ざした入り口に、滑った指先を這《は》わせてみた。

「……っ……」

不快ではないが奇妙な感覚にそこがひくつくように震え、征充は左手を遼太郎の腹につき体を支えた。そうしなければ前のめりに倒れ込んでしまいそうだった。

「大丈夫ですか？」

「まだ何もないっての」

遼太郎に心配した様子で尋ねられ、征充は強がって笑みを浮かべる。ここで征充が怯んだ態度を取れば、遼太郎は絶対にこれ以上を望まないだろう。そして、この先も二度と欲しがらないかもしれない。そうはしたくなかった。全てをわかりあうために、もっと遼太郎に近づき、体を繋げてみたかった。

征充は目を閉じて、大きく息を吸い込み、ゆっくりと自らの指を中へと沈《しず》めていく。

「くっ……」

考えていた以上の異物感に、征充は顔を顰めた。だが、指を締めつけるきつさを実感し、このままでは遼太郎を受け入れることなど、到底、無理だと悟《さと》る。だから、怯んでいる場合ではなかった。急がなければ遼太郎の気が変わってしまう。征充は違和感を押し殺し、無理矢理にさらに奥へと指を突き刺していく。

「藤崎さん……」

気遣うような声で呼びかけられ、征充は目を開けた。

「それいいな。ずっとそうやって名前を呼んでてくれ」

遼太郎の目をまっすぐに見つめ、笑いながら言った。遼太郎がそこにいてくれるだけで、名前を呼んでくれるだけで、この行為にも耐えられる。征充は浅く呼吸を繰り返し、ゆっくりと指を動かし始めた。

征充の言葉に従い、遼太郎が何度も名前を呼んでくれる。征充はその声に励まされ、二本目の指を突き刺す。圧迫感がさらに増し、どうしても表情を歪めてしまう。

決して、そそられるようないい顔はしていないはずだ。それなのに、遼太郎はこの姿に煽られたように、視線を逸らさず、熱い瞳で問いかけてきた。

「俺も……、いいですか?」

何をと答えるより早く、遼太郎の手が征充の後ろへと回される。征充の中がどうなっているのか、遼太郎も知りたくなったに違いない。

征充の指を追いかけて、遼太郎の指が中を犯す。

「……っ……」

さすがに三本となると圧迫感は半端ではない。征充は息を詰め、知らず知らずに体を前のめり

に倒した。

遼太郎は中に指を忍び込ませたものの、動かそうとはせずに征充の様子を窺っている。征充もまた大丈夫だと言いたいのだが、声を出せば指を締めつけてしまいそうで言えなかった。

「あの……」

遼太郎の控えめな呼びかけに、征充は声にはせずに瞳を動かすことで、何だと問いかける。

「前立腺ってどこですか？」

「なっ……」

まさか遼太郎の口からそんな言葉を聞くとは思わず、征充は絶句する。遼太郎も自分が言い出したことながら恥ずかしいのか、うっすらと頬を赤らめて、

「よくわからないんですけど、そうすれば、少しは苦しいのが和《やわ》らぐんじゃないかと思って……」

圧迫感を快感で掻き消そうというのだろう。遼太郎の気持ちはわかるが、それでは征充だけが翻弄《ほんろう》されてしまう。前立腺を弄られた経験はないが、それにはまっている知人がいて、相当いいらしいと言っていた。もし、堪えきれないほどの快感だったら、みっともない姿を遼太郎に見せることになる。それが不安だった。

「お前がなんで、そんなこと知ってんだよ」

純情そうに見えるのにと、征充は不満げに遼太郎を睨む。

「あ、いえ、先輩がそんなことを言ってたのを聞いただけです」

慌てて弁解する姿に嘘はなさそうだ。遼太郎本人の経験でないことに、征充は自分でも意外なほど安堵した。恋人の過去などこれまで気にしたことはなかった。年を重ねれば、それに見合った経験があって当然だと思っていた。遼太郎にも女性と付き合ったことくらいあるだろう。それは気にならないのに、男は自分が初めてでありたいと強く願った。

「俺も詳しい場所なんて知らないけど……」

征充はさっき責めたことが気恥ずかしくて苦笑いを浮かべると、その詫びだとばかりに言葉を続けた。

「だから、お前が探してくれ」

征充の口にした淫《みだ》らな願いに、遼太郎は驚きで目を見開いただけでなく、ゴクリと生唾を飲み込んだ。その直後、体内にある三本のうちの一本の指が、征充の意思ではなく動き出す。

「んっ……」

ある程度、見当をつけていたのか、遼太郎が前立腺の場所を探し当てるのは早かった。征充の甘く掠れた吐息が室内に響く。他のどの場所を擦られても不快感しかなかったのに、そこを指の腹が掠めた瞬間、背筋を快感が駆け抜けた。

「ここですね?」

「あ、ああ……」

問いかけに頷く声も上擦る。短い言葉しか返せなかったのは、嬌声《きょうせい》に変わってしまうのが怖かったからだ。遼太郎に感じさせられるのはかまわないのだが、自分だけが乱されるのは恥ずかしかった。

征充の葛藤《かっとう》には気付かず、遼太郎が見つけたばかりのそこを狙って、指の腹を擦りつけてくる。駆け抜ける快感に力を奪われ、征充は耐えきれずに自らの指を引き抜き、両手で揺れる体を支えた。

「はぁっ……」

不意打ちのように訪れた刺激が、征充に嬌声を上げさせる。減らしたはずの指がすぐに元通りの本数になったのは、一本だけでは物足りないとでもいうのか、遼太郎がすぐに指を増やしたからだ。左右どちらかはわからないが、それぞれの手の指を一本と二本、同時に中に押し込み、一本は前立腺を刺激し、残りの二本で押し広げるように解《ほぐ》そうとしていた。

遼太郎の指の動きに合わせて息が上がる。押し殺すつもりの声はとっくに溢れ出し、再び力を取り戻した屹立には、先走りが伝っていた。

「もう……いいから……」

征充は掠れた声で言い、自らの腕を後ろに回して、遼太郎の指を引き抜くために、その手を掴んだ。

「でも……」

「早くしないと、これだけでイってしまいそうなんだよ」

羞恥を堪えて、情けない現状を訴《うった》えると、遼太郎はようやく自分の腰の上にある屹立が、完全に勃ち上がっていることに気付いた。

遼太郎が小さく頷き、指を引き抜く。

「んっ……ふぅ……」

中から異物が出ていく感触を、征充は深呼吸をして耐えた。それから、おもむろに腰を上げ、遼太郎の屹立を後孔にあてがう。ここで躊躇うと先に進むのが怖くなる。そんな気がして、行動を急いだ。

「くっ……」

狭い入り口を押し広げられる圧迫感に、自然と呻《うめ》き声が漏れた。到底、指とは比較にならない大きさだ。けれど、征充はそこで怯まず、自分の体重を使って、一気に奥まで押し込んだ。

やはり解し方が足りなかったのだろう。引き裂かれるような衝撃に言葉も出ない。さっきまでは勢いのあった中心も、その痛みに萎えてしまった。けれど、苦痛を訴える顔だけは見せたくない。征充の視線の先には、汗ばんだ遼太郎の胸があった。

「しばらく……、こうしてていいか？」

征充は苦しい呼吸の中、遼太郎に望みを伝えた。できるのなら、遼太郎を感じさせてやりたかったが、息をすることすら苦しい今の状況ではとても無理だ。

征充の中を犯す遼太郎の屹立が限界に近いのは、体でよくわかっていたが、遼太郎は征充の願いを聞き入れ、腰をほんの僅かでも動かさないでいる。締めつけられている遼太郎も苦しいに違いないのに、必死で我慢してくれているのだ。その気持ちが征充の強張《こわば》りを解きほぐしていく。

「あ……」

不意の刺激が征充に声を上げさせ、そして、苦痛を堪えるために閉じていた目を開けさせた。微かに浮かんだ涙が視界をぼやけさせていたが、それでも何が起きたのかは捉えることができた。遼太郎が征充の胸の尖りを指で触れている。

「触ってもいいですか？」

もう既に触れているというのに、おそらくもっと本格的にという意味だろう。遼太郎が律儀に尋ねてきた。

「そりゃ……、いいけど……」

楽しいのかという言葉を征充は呑み込む。遼太郎がしたいというのなら、断る理由はない。だが、胸を触られることで、自分が感じるとは思わなかった。

征充の許しを得て、遼太郎が指の腹で小さな尖りを擦りつけてくる。むず痒《がゆ》いような、何かもどかしいような、そんな頼りなさを覚えたものの、そのおかげか、後ろへの圧迫感が薄れてきた。

遼太郎は夢中になって、胸への愛撫を繰り返す。撫でるだけでなく、指先で小さな尖りを摘み上げ、両手で両方の突起を弄ぶ。

「ふぅ……んっ……」

ついに征充の口から甘い息が零れ出した。ジンとした痺《しび》れが快感となって、征充の腰を震わせる。

一度、漏れてしまうと、後から後へと喘ぎが続き、その声を受け、遼太郎の手はますます活発に動いた。

「もう……遊ぶな」

胸だけで感じさせられていることが恥ずかしくて、征充は顔を紅潮《こうちょう》させ遼太郎を睨みつける。

「すみません。でも、藤崎さんにも気持ちよくなってもらいたいんです」

申し訳なさそうにしながらも、遼太郎は手を止めない。後孔を犯され、征充が苦痛を感じていることを察し、それを少しでも和らげたいと思ってくれているのだ。

「わかるだろ。俺がどうなってるかは」

征充は視線を落とし、自らの中心を指し示し、

「充分に感じさせてもらってるよ。後ろに入ってるのを忘れるくらいにな」

笑みさえ浮かべて強がってみせる。決して、存在を忘れられるものではないが、遼太郎のおかげで苦痛が薄らいだのは事実だ。

「俺だけってのは嫌なんだけど、お前は？」

「イきそうなのを必死で我慢してるんです」

遼太郎が情けない顔で答えた。その言葉に嘘がないことは、征充の中で全く力を失わない屹立の大きさでわかっている。

「そんなに俺の中が気持ちいいのか？」

「すごく……」

熱い息と共に感想を告げられ、征充は嬉しくなる。体を合わせるまでに抱いていた微かな不安が、完全に払拭《ふっしょく》された。

「じゃあ、もういいぞ」

遼太郎が辛抱《しんぼう》強く慣らしてくれたおかげで、後ろが少しは解れた気がするし、息苦しささえ覚えていた圧迫感も和らいだ。だから、もう次のステップに移れるはずだと、征充は遼太郎の腹に手をついて、自ら腰を引き上げた。

「うっ……ふぅ……」

肉壁を擦り上げられる感覚に背中に震えが走ったが、決して不快なものではなかった。それどころか、味わったことのない快感だ。今の感覚が本物かどうか、錯覚ではないのか。それを確かめるために、征充はもう一度、腰を上げた。

「やばい……な、これ……」

前立腺を突かれて感じるのならまだしも、擦られることにも快感が得られるのは予想外だ。このままでは遼太郎より先に理性を失くすのは目に見えていた。

遼太郎が自分を好きでいてくれても、体の相性が悪ければ長続きはしないはずだと、征充は考えていた。だから、自分はともかく遼太郎を気持ちよくさせるつもりでいたのだ。

「うっ……あぁっ……」

どうにか体勢を立て直そうとした瞬間、征充は大きく喘《あえ》がされる。それまで征充の腰を支えるだけで、自分からは行動しなかった遼太郎が、いきなり腰を突き上げてきたせいだ。

「すみません。もう……限界です」

遼太郎の言葉が示すとおり、中で存在を誇示している屹立は、さっきよりも大きさを増していた。それがまた征充を狂わせる。

征充は好きにしていいという意味を込めて、何とか笑顔を作って頷いた。

「あ……はぁ……っ……」

征充の嬌声が室内に響き渡る。征充はもう自分の意思では動くことができず、遼太郎に与えられる快感に翻弄されるだけだった。

男と抱き合うことが初めての遼太郎が、的確に前立腺を狙って突き上げる。指とは違って正確に突き止めるのは難しいはずだ。おそらくその辺りだと見当をつけてのことだろうが、二人の相性がいいのか、狙いに狂いはなかった。

「もう……駄目だっ……」

征充は叫びに近い嬌声を上げ、自身を解き放つ。迸《ほとばし》りが遼太郎の腹を濡らしたが、今はそれを拭う余力はない。中を穿《うが》つ楔《くさび》に支えられていなければ、遼太郎の胸に崩れ落ちていたに違いない。

そう、遼太郎はまだ達してはいなかった。

「少し動かします」

だから、遼太郎がそう言ったとき、てっきり最後までするつもりなのだと思った。けれど、遼太郎は征充の腰を摑んで屹立を引き抜き、そのまま征充と体勢を入れ替えるように体を起こした。

そして、まだ息の整わない征充をベッドへと横たえさせた。

征充はその間、されるがままでいた。達した直後の脱力感で、指一本、動かす気になれない。

抱かれる立場という慣れない行為の結果でもあるのだろう。

遼太郎が征充に背を向けて座る。何をしようとしているのかは、その手の動きでわかった。遼太郎はこれ以上は征充が辛いだろうと、自らの手で射精を促そうとしているのだ。

「遼太郎、こっち向けよ」

ようやく息が整い、なんとか声を震わせずに征充は呼びかけた。

「あの……、ちょっと待ってください」

「待てるかよ」

征充は手を伸ばし、遼太郎の太股に添えた。

「せっかくそんなにでかくなってるの無駄にする気か？　俺はまだ足りてない」

征充の精一杯の艶を滲ませた誘いに、遼太郎が反射的に振り返った。その顔に征充は微笑みかける。

正直に言えば、もう充分なくらいに疲れていた。既に二度も達していて、三度目となると射精が苦しくなるのは予測できる。それでも遼太郎と一緒に達することを征充は望んだ。

「遼太郎、来い……」

今度ははっきりと中へと呼び寄せる。

「途中でやめられなくなっても、いいんですか？」

「やめやがったら、承知しねえ」

征充が嘯いて笑うと、遼太郎もようやく緊張を解いたように口元を緩めた。

遼太郎は無言で征充の足下へと回り込み、その足を遠慮がちにだが、左右に広げた。そして、その間に腰を進め、膝立ちで座る。

「んっ……ふぅ……」

腰を挟ませるようにして両足を抱えると、遼太郎はそのまま充分に解れている後孔へと、屹立を押し当て、征充に悦《よろこ》びの声を上げさせた。

たった一度でも経験があると違う。征充は最初から柔軟に遼太郎を受け入れ、遼太郎もまた初めから激しく腰を使ってくる。

「そこ……いい……」

さっきとは違う角度で突き上げられ、征充は新しい快感に襲われる。それを正直に伝えると、ますます遼太郎の動きが加速した。

「あっ……あぁ……」

淫らな喘ぎとベッドの軋《きし》む音だけが室内に響き渡り、濃密で淫猥《いんわい》な空気が充満する。征充の涙で滲んだ視界には、男らしい顔を切なげに歪めた遼太郎が映っている。二度も達した征充とは違い、遼太郎はもうかなりの時間、解放を堪えている。もう相当、苦しいはずだ。

「遼……太郎……」

征充は切れ切れながら、遼太郎の名を呼ぶと、腰に絡めさせた足に力を込めた。

「ふっ、藤崎さん……」

上擦《うわず》った声が耳を掠めた後、征充は体内に熱い迸りが広がるのを感じた。次こそは一緒にと思ったのだが、最初からそう上手くはいかない。征充は追いかけるように自らに手を伸ばし、性急に射精へと導いた。

「あ、すみません、俺……」

遼太郎は征充の限界に気付けなかったことを申し訳なさそうに詫びた。

「さっきは俺が早かったからな。これでおあいこだ」

荒い息の中、征充が微笑みながらそう言うと、遼太郎がホッとしたように安堵の笑みを浮かべる。そして、ゆっくりと萎えた自身を征充の中から引き抜いた。

征充は両手を投げ出し、仰向けに寝転がったままで動けない。遼太郎はその隣に体を横たえ、顔を覗き込んでくる。

「大丈夫ですか？」

「ああ、大満足」

冗談めかして答えたものの、この結果を見れば、真実であることは隠しようがない。過去の経験の数々が吹き飛ぶほどの快感だった。

「でも、正直、驚いた……」

征充は独り言のようにぽつりと呟く。

「驚いたって何がですか？」

「初めてでこんなに気持ちいいなんて、俺、才能あんのかな」

征充の返事に、遼太郎は一瞬、呆気に取られたように口をぽかんと開けて、それから苦笑いを浮かべた。

「どんな才能があるんです？」

「なんだろ、男に抱かれる才能？」

照れくささもあって、征充はわざと茶化して答える。才能はともかくとして、遼太郎との相性がいいのは間違いない。

「もし、そんな才能があっても……」

征充は軽い口調だったのに、対する遼太郎は真剣な声音だ。

「あっても？」

声と同じく真剣な表情をした遼太郎に、征充は先を促す。

「他では見せないでくださいね」

「おっ、早速、独占か？」

からかうように言うと、遼太郎が途端に情けない顔に変わる。

「駄目ですか？」

「駄目なわけないっての。他の男となんて、気持ち悪くてできるかよ」

「よかった……」

心底、安堵の声を漏らした遼太郎が、その気持ちのままなのだろう、征充の肩に手を回し、ぎゅっと抱き締めてきた。

「お前こそ、他でしてくんじゃねえぞ」

征充は至近距離にある遼太郎の耳に、甘い嫉妬の言葉を直接、吹き込んだ。征充にすれば、情事の後の睦言《むつごと》のつもりだったのだが、慣れていないのか遼太郎は顔を険しくする。

「俺にそんなことができるわけないじゃないですか」

「俺みたいに押しの強い奴に押しきられたら？」

「みたいじゃ駄目なんです」

遼太郎は珍しく強い口調で断言した。

「藤崎さんだから……」

「俺だから、男でも抱きたくなった？」

露骨に問うと、遼太郎は顔を真っ赤にして頷く。自分とは違う初心《うぶ》な反応に、ますます愛《いと》おしさが募る。

「俺もまだまだ捨てたもんじゃねえな」

「まだまだって、藤崎さんは初めて会ったときから、輝いてましたよ。藤崎さんの周りだけ、光が当たってるみたいで……」

当時を思い返すように考えながら話す遼太郎には、お世辞を言っているような素振りは全くない。事実をただ語っているだけだという遼太郎の態度に、征充は気恥ずかしくなると同時に、胸が熱くなるのを感じた。初対面のときから、遼太郎にとって征充は特別な存在だったのだと言われて、嬉しくないわけがない。

「俺からすりゃ、お前のほうがよっぽど輝いてたけどな」

「だって、そんな、藤崎さんの周りには芸能人が山ほどいるじゃないですか」

「山ほどいても、結局は好みじゃなかったってことなんだろうな。俺は自分に男の好みがあるなんて、お前に会って初めて知ったんだ」

照れくささを押し隠し、征充は正直に気持ちを伝えた。

「実はさ、俺はお前に会うために、あの店に通ってたんだよ」

実際、遼太郎がバイトを辞めたと聞いたとき、あれほど通い詰めた店なのに、興味が薄れたのは事実だ。どんなに料理が美味くても、遼太郎という最高のもてなしがなくなったせいだ。

「それじゃ、もう行かないんですか？」

遼太郎がそう尋ねたのは、きっと世話になった大将に申し訳ないと思ってのことだろう。自分がバイトを辞めたせいで、常連客を一人、失わせたのだ。

「一緒に行くか？　客としてさ」

「えっと、俺が役者で食べていけるようになってからにしてもらえると助かります」

『花吹雪』は決して高すぎる店ではないが、役者に集中すると言って店を辞めた手前、今までどおりバイトで稼いだ金では行きたくないのだろう。遼太郎のささやかな男としてのプライドは微笑ましいもので、征充がその申し出を却下する気には到底、なれなかった。

「わかった。でも、近い将来だと信じてるからな」

プレッシャーにもなりそうな征充の言葉にも、遼太郎は力強く頷いた。それは将来への自信というよりも、そうなるべく努力するという意思の表れに違いない。

遼太郎が役者として才能があるかどうか。たった一度の舞台で、しかも台詞の少ない役柄を見ただけの征充には判断できない。けれど、長年、テレビ業界に身を置いてきたものとして、何か光るものがあることはわかる。征充は遼太郎だけでなく、自分自身の目も信じているからこそ、そう遠くない未来の約束を交わした。

6

経験をどれだけ積んでも、新番組の最初の収録は緊張する。けれど、それは決して嫌なものではなく、心地よい緊張感だ。征充は久しぶりにそんな気持ちになれたことを嬉しく思いながら、収録スタジオへと足を踏み入れた。

「おはようございます。いよいよ今日からですね」

ADの乃木が、征充以上に緊張した面持ちで声をかけてくる。

乃木だけでなく、他のスタッフにも緊張の色が見られるが、征充と同じで新しいことに挑戦できる期待感で、皆、表情は明るい。

この新番組は、征充が遼太郎に触発されて企画書を書いたものだ。これまでの征充の実績と、局側も目新しいものを求めていたこともあり、深夜枠だが無事に編成会議を通り、四月からの放送が決定した。

「しっかり頼むぞ」

征充はハッパをかけるように、乃木の背中を思い切り叩く。そこへスタジオに響き渡る声で、乃木とは別のADが叫んだ。

「苫篠さん、入られます」

征充がそちらへ顔を向けると、既に役衣装の白衣を身につけた苫篠が、悠然と歩いてくるのが見えた。

「こうして見ると、バラエティでもあんまりドラマと変わりませんね」

苫篠は征充のそばまで来てから、スタジオ内に組まれたセットを見て感想を口にする。

苫篠の視線の先には、病院の診察室がある、ドラマ班から借り受けたセットだけあって、本物と見まごうばかりの出来映えだ。

「ドラマ仕立てのシチュエーションコントだからな。その格好、よく似合ってるよ」

「俺もそう思ってました。次辺り、医者役のオファーが来るんじゃないかな」

「だったら、俺も事務所にも顔向けができるな」

征充はあながち冗談でもなく、安堵の笑みを漏らす。

当初の予定どおり、苫篠には初回のゲストで出演してもらうことになった。苫篠が所属する事務所としては、初めてのバラエティ出演、しかもコント番組だと聞いて、なかなかいい顔はしなかったのだが、苫篠本人がどうしても出たいと言い張ったらしい。

「なんだかんだ言って、話題になったから事務所も喜んでますよ」

「ホントか?」

世辞が含まれているのではないかと、疑わしげな目で見つめる征充に、苫篠は苦笑いで応じる。

「ホントだって。そのうち、うちの事務所の他のタレントも使ってくれって言ってくるんじゃないかな」

「ならいいけどな」

確かに苫篠効果もあって、まだ放送も開始されていない深夜番組だというのに前評判は高かった。おかげで制作発表の記者会見には多数の新聞や雑誌の記者が集まったくらいだ。

「でも、よくこれだけのキャストを集めたよね」

苫篠が台本の出演者リストを指さしながら、感心したように言った。

「そりゃ、俺の人脈を駆使《くし》したんだよ」

征充が嘯くと、苫篠が喉をクッと鳴らして笑う。

「それは俺だけじゃないの？」

「そこは俺の力ってことにしとけ」

「しときましょう」

二人はスタジオの中央で顔を見合わせて笑う。収録が始まるまでもう少し時間にゆとりがあるため、苫篠が称賛した他の出演者はまだ控え室にいる。中には重鎮《じゅうちん》と呼ばれる大御所俳優もいて、時間ギリギリになるまでは呼びに行かないつもりだった。

苫篠にその大御所俳優と、今回の新番組は役者ばかりで構成されていて、芸人は一人もいない。しかも、苫篠のようにバラエティには滅多に出ないという役者が多いため、キャスト集めには相当、苦労した。担当プロデューサーだけでなく、ドラマ班にまで声をかけて、使えるコネは全て使った結果だ。

コントとはいっても、芸人がいないのだからギャグを織り交ぜたようなものではなく、頭から終わりまで、台本を作り込んだシチュエーションコントだから、いつもどおり芝居をしてくれればいいのだと説得した。基本的には毎週、ネタが変わり、出演者もほぼ入れ替わる。だから、その分だけ新しいシチュエーションを考えなければならなくなり、台本を書く構成作家は悲鳴を上げている。だが、ここでも無名の作家を多数、使っているから、彼らにしてみれば、この番組で成果を出せば、将来に繋がると必死だった。

必死なのは作家だけではない。征充も社員だからといって、失敗すればこの先どうなるかわからない立場だ。当たっている番組を降りてまで、こっちに力を入れようとしているのだから、配置転換もあり得るかもしれない。それでも征充は余裕の態度を見せて、スタッフを引っ張っていた。征充が不安がれば、番組が始まる前から空気が悪くなる。

「おっと、そろそろ五分前だな」

征充は腕時計で時間を確認すると、乃木を呼び寄せ、苫篠以外の出演者を呼んでくるように指示を出す。

それからは一層、慌ただしさが増した。きびきびとした動きで、スタッフたちはそれぞれの配置につき、征充は苫篠と先に来ていた若手俳優を所定の場所へと導く。そこへ遅れて他の俳優がスタジオに顔を出した。

「よーし、一発目、始めようか」

スタジオ中に響き渡るような征充の号令に、元気のいい『はい』という声が返ってくる。

やはり征充にとって、収録現場が自分をもっとも発揮できる場所だ。企画を考えているときにも、もちろんやりがいを感じているが、実現できなければ意味がない。だからこそ、現場に立てることが嬉しかった。

今日までに入念な下準備をしていたおかげで、収録は滞《とどこお》りなく進んでいく。苦篠もさすがプロだ。与えられた役を完璧《かんぺき》にこなし、だからこそ、余計にコミカルに見える。スタジオ中に自然と笑いが広がった。

「じゃ、二十分休憩」

征充は一本目のコント収録が終わったところで、そう声を上げた。

長時間の拘束は無理だという役者のスケジュールの都合もあって、今日中に一週分のコントを撮り終えるため、広いスタジオに三つのセットを造っている。一つのコントだけに参加する役者もいるが、苦篠は全てに出演するから、衣装替えの時間がいる。だから、コント一本の収録が終わると、そのために休憩を兼ねて時間を取ることにしていた。

とはいってもまだ一本目だから、休憩時間は短くした。既に次のコントに出演する大御所俳優が局入りしていると聞かされ、あまり待たせたくはなかったのもある。

苦篠が楽屋へと戻り、征充は次の台本を見返しておくかと、スタジオの隅にある休憩コーナーに戻ろうとしたときだ。

自分に注がれる熱い視線を感じ、征充はその方向に顔を向けた。スタジオから廊下へと繋がる扉から、顔を覗かせていた男とまともに目が合う。征充はすぐさま行き先を変え、そちらへ向かった。

「その格好、どうしたんだ?」

征充は笑いを隠しもせず、自分を見つめていた男、遼太郎の姿を指摘した。遼太郎は丈の短い学ランを身につけているが、それ以外は髪型もいつもと変わりない。

「ドラマの衣装なんです」

遼太郎は照れくさそうに笑って説明する。

「コスプレのドラマか？」

「学園ドラマです」

「冗談だ。知ってるっての」

真面目な顔で答える遼太郎に、征充は笑いながら応じた。

遼太郎が初めてドラマのオーディションを受けてから、三カ月が過ぎた。最初は不合格だったが、遼太郎はそれで挫折することなく、いくつものオーディションを受け続け、一カ月を過ぎた頃には結果が伴《ともな》いだした。そして今では既に何本かの映画やドラマに出演を果たしている。

記念すべき最初のテレビ出演は、単発のスペシャルドラマだ。役所《やくどころ》は不良グループの一人、台詞も二つあるだけのちょい役だったが、それでもその放送の日は、征充の部屋で一緒に見た。

そのときまで、征充は舞台俳優としての遼太郎しか知らなかった。初めて見る画面の中の遼太郎は、誰よりも輝いて見えた。いつもの遼太郎とは正反対の不良役で髪も金色に染めていたが、それもよく似合っていたし、そこには普段の温厚な遼太郎はどこにもいなかった。

「お前の初レギュラー番組なんだ。俺が忘れるわけないだろ」

征充は当然だと偉そうに言った。その事実に加え、征充の働く東洋テレビが制作する番組だ。だが、オーディションに口添えもしていないし、受けたことすら後で聞いた。

「しかし、二十四で高校生かよ。無理がありすぎんだろ」

遼太郎には話していないが、実はそのドラマは、次のクールで局が一番、力を入れている番組だった。今、一番、旬だと言われている若手のイケメン俳優を揃え、女性の視聴者をがっちりと摑むだけでなく、ヒットした漫画を原作にしていて、その漫画ファンも当然、取り込もうとしている。

「でも、俺よりも年上の生徒はいますよ」

「上手くやってんのか?」

「なんとか」

謙虚な遼太郎からのこの返事からすると、収録はいい雰囲気で進んでいるようだ。征充はまずはホッとする。

「今度のは前より出番が多いんだろうな」

「毎週、台詞があるんです」

遼太郎が少し得意げに答える。初めての出演ドラマは、本当にちょっとした出番しかなく、録画した上で、何度もそのシーンを再生して確認しなければならないほどだったのだ。

「それは楽しみだな」

「芸能界なんてやめておけって、最初は言ってませんでした?」

遼太郎が笑いながら、二人の初対面のときを思い起こさせる。

「そんときはもう入ってたんだから、止めようがないだろ。それに会うたびに垢抜《あかぬ》けてくから、そのうち、とんでもなく化けるんじゃないのか」

征充は冗談でもお世辞でもなく、本気でそう思っていた。現に今も周りにいる女性スタッフの遼太郎を見る目が熱い。役者としての知名度はなくても、ルックスは誰が見てもはっきりとわかるものだ。もう少しすれば、苫篠と並んでも見劣りしなくなりそうな予感がしていた。

「化けるかどうかより、俺はもっと上手くなりたいです。多くの役者さんに囲まれてると、余計にそう思います」

大人な台詞は、これまで知らなかった環境に身を置くことにより、自然と出てきたものだろう。一回り大きくなった年下の恋人の姿に、征充は頼もしく思いながら頬を緩めた。

「藤崎さんは、その……」

話題を変えるように名を呼びかけておきながら、遼太郎は途中で言葉を途切れさせる。何を言おうとしていたのかは、その視線を追って気付いた。そこには着替えから戻ってきた苫篠がいた。征充が遼太郎と話しているからだろうか。苫篠はこちらに近づいてこようとはせず、乃木と次の立ち位置の打ち合わせしている。

「やっぱ上手いよ、苫篠は」

さっきまでの収録の様子を思い出し、征充が素直な感想を口にすると、遼太郎が途端にしょげた顔になる。正式に付き合い始めるまでは、こんな表情を見せたことはなかった。おそらく遼太郎なりに年上の征充に対して、子供に見られないよう気を遣っていたところもあったのだろう。

「だから、それだけちゃんとお互いを仕事相手として見られるようになってるってことだろ」

苫篠も仕事だと割り切り、征充もその芝居を客観的に見ることができるのだと、征充は心配する遼太郎を安心させるように説明を付け加えた。

「やっぱりすごい人ですね」

「俺が、だろ？」

遼太郎の視線が苫篠に注がれているのを知っていながら、征充は冗談めかして問いかける。

「藤崎さんもです」

遼太郎が笑顔で肯定した。こういうとき、上手くあしらわれているような気がしないでもないが、遼太郎に褒められることが単純に嬉しかった。

「藤崎さーん、ちょっといいですか？」

セットの中にいたＡＤの一人に呼びかけられ、二人の貴重な逢瀬《おうせ》の時間が打ち破られる。

「あ、邪魔してすみませんでした」

遼太郎が慌てて頭を下げる。

「邪魔じゃないっての。休憩中なのはわかるだろ」

詫びる遼太郎に気にするなと言ったものの、征充を呼んだＡＤは待ちわびた顔をしているし、行かないわけにはいかないだろう。

「現場監督には休みなしってか」

「お疲れさまです」

征充の軽口に遼太郎が軽く頭を下げる。

「おっ、芸能人っぽくなってきたじゃないか」

征充は冷やかすように言うと、遼太郎は小さく笑う。何か答えるとまた話が長引くのではないかと気にしているようだ。

「じゃ、行くわ」

さすがにADを待たせすぎてはいけないと、征充は遼太郎にまたなと言ってセットへと移動する。

「どうした?」

「ここんとこなんですけど……」

ADの質問は簡単に答えられるものだった。けれど、その指示を終え、振り向いたときには、もう遼太郎の姿はスタジオにはなかった。

休憩時間はまだ残っているが、そんな気分にはなれず、セットの椅子に腰掛けていた苫篠へと近づいていく。

「こんなサラリーマンがどこにいるんだよ」

スーツを嫌みなくらいに着こなした苫篠を征充は茶化した。二つめは会社で残業中のサラリーマンという設定だった。

「誰がそんな設定にしたんでしたっけ?」

「ああ、これは構成作家だ」

他人事だと征充は受け流すが、なかなかよくできた台本になっている。苫篠が演じればどうなるのか、非常に興味深いと採用を決めたのは征充だ。

「彼、この番組に呼ばないの？」

苫篠は遼太郎が消えたばかりのスタジオ出入り口を見ながら問いかけてくる。遼太郎が来ていたことに、気付いていたらしい。

「そんなことができるか」

「プライド？」

問いかけに征充はフンと強がって笑ってみせたものの、若干、首筋が熱くなる。

「プライドなんてたいそうなもんじゃない。単に俺が気恥ずかしいだけだ」

正直な今の気持ちだった。付き合い始めてまだ三カ月。相手が男だからなのか、どうにもこれまでと勝手が違い、なかなか慣れることができない。未だに照れくささや気恥ずかしさが残るのだ。もっともそれを嫌だと思ったことはなく、むしろ新鮮でよかった。

苫篠がこれ見よがしに溜息を吐く。

「全く望みなしってわけだ」

「そう言ってんだろ」

苫篠も吹っ切ったとは言っているが、こうして時折、未練を覗《のぞ》かせることがある。何年も想ってくれていたというから、簡単に割り切れるものではないだろう。それでも、征充は苫篠への態度を変えなかった。それが長い間、友人として付き合ってきた苫篠に対する、征充なりの誠意の見せ方だった。

「それじゃ、次も頼むぞ」

征充はすっかり休憩を潰す覚悟を決め、苫篠と別れ、別のスタッフへと近づいていく。そうして、あっという間に二十分は終わり、次のコントの収録が始まる。

慌ただしくも充実した時間が過ぎ、気持ち的にはすぐに二本目の収録も終わった。残り一本だが、食事休憩も兼ねて、今度は長めに三十分の休憩を取ることにした。

「ちょっと出てくる」

征充はＡＤにそう言いおいて、一人でスタジオを出た。食事を急いで取りたいと思うほど、空腹は感じていない。それよりももっと別のところに興味があった。

早足で廊下を移動し、そのまま階段で一つ上の階を目指す。そこでは遼太郎が出演するドラマの収録が行われている。時間が合えば覗くつもりで、スケジュールはとっくに確認済みだ。普段の遼太郎と違い、役者をしているときの遼太郎はまた違った魅力がある。それを一目でも見たかった。

「あれ？　藤崎さん」

スタジオの手前まで来たところで、征充に気付くスタッフがいた。どうやら次に使う小道具の整理をしているらしい。バラエティとドラマ、所属は違っても、制作部は同じフロアにあるのだから、社員なら頻繁に顔を合わせる。

「今、本番中？」

征充はスタジオのドアに顔を向け、スタッフに尋ねた。本番中の部外者の出入りは、スタッフがもっとも嫌うことだ。たとえ物音一つ立てなくても、視界の隅に入るだけで、集中力を欠く恐れが大いにある。

「まだリハーサルです」

「なら、覗いていい？」

「どうぞどうぞ」

スタッフは愛想よく答えただけでなく、征充のためにドアまで開けて、中に招き入れてくれた。

リハーサル中というのは本当で、中は賑やかで大勢の人間が動き回っている。

「誰か、お目当てでもいるんですか？」

一緒に中に入ってきたスタッフが、気軽に問いかけてくる。征充がディレクターとして、ここに来たと思っているようだ。

「青《あお》田《た》刈《が》り。新人がいっぱい出てるんだろ？」

「そうなんです。若い現場だから、すごく活気があっていいですよ」

征充の嘘に気付かず、スタッフは誇らしげに語る。その言葉どおり、スタジオの中には、教室のセットが組まれていて、男子校という設定どおり、二十歳前後の男ばかりがひしめいていた。

主役はこれまでに多くのドラマ出演経験のある、有名なアイドルだ。今もこのセットの中にいるのかもしれないが、征充の視線は真っ先に遼太郎を捉えた。

テレビドラマに出始めたばかりとは思えないほど、遼太郎は自然な笑顔をカメラの前で披露している。

これ以上、いい男にならないでほしい。征充は不謹慎ながらそう願った。

釣り合いがというなら、こうして盗み見までしようとしている自分のほうが、よっぽど想いが深すぎて、バランスが取れていないはずだ。それでも遼太郎は、まだまだ征充には追いつかないと思い込んでいる。

それなら……。征充は本当に一目だけ遼太郎の姿を目に焼きつけると、そっとその場を離れた。もっともっと遼太郎の気を引くために頑張らなければならない。そのために今、自分にできることをするしかないと、征充は収録現場へと急いだ。

あとがき

こんにちは、はじめまして。いおかいつきと申します。このたびは、『本番五秒前』を手にとっていただき、誠にありがとうございます。

今回は久しぶりの芸能界もの。とはいっても、主役の受は裏方です。かつてテレビ業界への就職を真剣に考えたこともあったので、かなりの願望を交えつつ、非常に楽しく書かせていただきました。

さらに楽しかったことがもう一つ。受でもなく攻でもないのに、出番の多い、第三の男です。これが他の話なら攻になってもおかしくありません。彼の境遇を不憫に思いながらも、年下の男二人にモテモテの受を書くのが楽しかったです。

挿絵をお引き受けくださいました街子《まちこ》マドカ様、初めて表紙のイラストを見せていただいたとき、あまりのかっこよさにしばらく動きが止まっていました。想像を遥かに超える素敵な三人を本当にありがとうございました。

初めてお仕事をさせていただきました担当様、最初から最後までご迷惑をかけどおしで、本当に申し訳ありませんでした。いつか心配されるより安心してもらえる作家になりたいというのが、今の最大の目標です。
そして、最後にもう一度。この本を手にしてくださった方へ、最大の感謝を込めて、ありがとうございました。

HPアドレス　http://www8.plala.or.jp/ko-ex/

二〇〇九年一月　いおかいつき

CROSS NOVELS既刊好評発売中

閉じ込めて離さない、私の可愛い番人

庭師の薔が訪れた…花園という名の美しい牢獄。

秘密の花園

弓月あや

Illust 千川なつみ

「触られて気持ちいいって、言ってごらん」

思い出のロザリオを胸にレスター伯爵家の別荘を訪れた庭師の薔を迎えたのは、伯爵家を穢すとして幽閉された次男・ジュリアンだった。憧れの人と同じ顔で自堕落な生活を送る彼に反発していた薔は、穏やかな優しさに触れ次第に戸惑うようになる。そして誘惑に抗えずジュリアンの手を取った薔は、愛撫され初めての快感に震えた。だが、彼に惹かれ始めていた薔の前にロザリオの持ち主が現れ!?

CROSS NOVELSをお買い上げいただき
ありがとうございます。
この本を読んだご意見・ご感想をお寄せください。
〒110-8625
東京都台東区東上野2-8-7　笠倉出版社
CROSS NOVELS 編集部
「いおかいつき先生」係／「街子マドカ先生」係

CROSS NOVELS

本番五秒前

著者
いおかいつき

2009年2月25日　初版発行　検印廃止

発行者　笠倉嗣仁
発行所　株式会社　笠倉出版社
〒110-8625　東京都台東区東上野2-8-7　笠倉ビル
[営業]TEL　03-3847-1155
FAX　03-3847-1154
[編集]TEL　03-5828-1234
FAX　03-5828-8666
http://www.kasakura.co.jp/
振替口座　00130-9-75686
印刷　株式会社　光邦
装丁　團夢見(imagejack)
ISBN　978-4-7730-9936-2
Printed in Japan

CROSS NOVELS